"穿越梦想"
大型全媒体行动
纪实系列丛书

红色丰碑

经典影视剧中的英雄原型

中共江苏省委党史工作办公室
江苏省档案馆
扬子晚报

著

江苏人民出版社

图书在版编目（CIP）数据

红色丰碑：经典影视剧中的英雄原型／中共江苏省
委党史工作办公室，江苏省档案馆，扬子晚报著．
南京：江苏人民出版社，2024.9. --（"穿越梦想"
大型全媒体行动纪实系列丛书）. -- ISBN 978-7-214
-29124-0

Ⅰ . I25

中国国家版本馆 CIP 数据核字第 20245RJ435 号

书　　　名	红色丰碑：经典影视剧中的英雄原型
著　　　者	中共江苏省委党史工作办公室　江苏省档案馆　扬子晚报
责 任 编 辑	陈　颖
特 约 编 辑	王暮涵
装 帧 设 计	有品堂_宋永傲
出 版 发 行	江苏人民出版社
地　　　址	南京市湖南路 1 号 A 楼，邮编：210009
照　　　排	南京私书坊文化传播有限公司
印　　　刷	江苏凤凰新华印务集团有限公司
开　　　本	890 毫米 ×1240 毫米　1/32
印　　　张	5.25　插页 4
字　　　数	112 千字
版　　　次	2024 年 9 月第 1 版
印　　　次	2024 年 9 月第 1 次印刷
标 准 书 号	ISBN 978-7-214-29124-0
定　　　价	45.00 元

英雄是民族最闪亮的坐标。

——习近平

目　录

柳堡的故事

"十八岁的哥哥"战斗中牺牲，
坚强的"二妹子"是她们

影视经典

1950年，军旅作家胡石言的小说《柳堡的故事》发表，讲述了这样一个故事：抗日战争时期，新四军某连副班长李进与柳堡少女二妹子渐渐产生了纯洁的感情，为了革命事业，他们暂时搁置儿女情长，积极投身于革命斗争。几年后李进和二妹子重逢，有情人终成眷属。

柳堡位于扬州北部，是江苏里下河地区的明珠。1957年根据小说改编成的同名电影上映，电影里那首优美动听的插曲《九九艳阳天》自此传遍全国。

《柳堡的故事》电影海报

这部在当时相当罕见的描写军人爱情的影片，被称为"新中国电影的一抹温柔"。

丰碑往事

1957年，由八一电影制片厂摄制，王苹执导，廖有梁、陶玉玲等主演的电影《柳堡的故事》公映，旋即风靡大江南北。剧中"二妹子"和"副班长"之间既克制又美好的质朴情感，打动了无数人。"红色丰碑"寻访影视剧英雄原型全媒体行动组前往北京、南京、扬州柳堡等地多方采访，揭秘影片背后的故事。

回忆：
柳堡的爱情故事，其实仅有开头
副班长原型 1945 年就牺牲了

十八岁的哥哥呀想把军来参……这一去呀枪如林弹如雨呀。

——《九九艳阳天》

《柳堡的故事》到底有没有现实原型？对于这个问题，小说作者应该最有发言权。遗憾的是，原著作者同时也是电影编剧之一的胡石言，已于2002年离世。在南京专

电影成为柳堡的一张名片

访胡石言的夫人、九旬高龄的余金芬时，她介绍，胡石言曾在多个场合表示，《柳堡的故事》是两个刚刚成年的小伙子聊天"聊"出来的——

1944年，新四军第一师三旅七团进入扬州宝应驻训。当时担任团油印刊物《战斗报》主编、只有19岁的胡石言，向18岁的通讯员、副班长徐金成约稿。徐金成向胡石言讲述了自己的心事：他和房东家的二妹子"好上了"。

二妹子给徐金成洗衣服，徐金成教二妹子认字。一天，徐金成发现自己口袋里藏有一张小纸条，上面写着"你好"；不久，他又发现了第二张纸条"你真好"。可就在两人感情升温之际，部队即将出发奔赴前线。

胡石言问他，两人对未来有无约定，徐金成说："我是要出发打仗的，保不定哪一仗吃一颗'花生米'牺牲了呢，害她白等！"

这次交谈，记录了世间一份真挚的感情。只是，这段情感刚刚开始就戛然而止了。1945年9月，徐金成在宜兴丁蜀山战斗中不幸牺牲。胡石言曾托人到宝应寻找那位"长辫子二姑娘"，但因掌握情况太少，一直未能如愿。

1949年，病中的胡石言得知宝应解放的消息，不禁感慨：二妹子一定分得了土地，兴许都结了婚，抱上娃娃了。徐金成如果健在，也会感到欣慰。

1950年，胡石言将这个深深打动他的故事，写成小说《柳堡的故事》，发表于《南京文艺》，后转载于《新华月报》，署名石言。在他笔下，小说中的主人公还是有了一个团圆的结局。

只要你不把我英莲忘呀，只要你胸佩红花呀回家转。

——《九九艳阳天》

二妹子连：夏美英最像"二妹子"

胡石言所在部队驻军宝应时，柳堡还被叫作"刘坝头"，沿河尽是大柳树。于是在创作小说时，胡石言将地名改成了"柳堡"，"堡"字取战斗堡垒之意。1957年，随着电影《柳堡的故事》红遍全国，柳堡也声名大振，当地人便索性将地名改作柳堡。变的是名字，不变的是柳堡人一直以来的拥军爱国热情。20世纪50年代末，柳堡女子民兵班正式创建，后扩编建连，现为"柳堡二妹子"民兵连。

在革命战争年代，当地很多人身上都有着"二妹子"的影子。"柳堡二妹子"民兵连连长施海燕告诉行动组，最像"二妹子"原型的是夏美英，不仅人名像，经历更像。

夏美英，出生在柳堡一个贫苦的农民家庭，兄妹七人，排行老二，大家平时就喊她"二妹子"。抗战时期，她的父亲、哥哥、嫂嫂、大姐先后参加了中国共产党。新四军来到柳堡后，她负责组织妇女识字，和庄上的姐妹们一起站岗、放哨、纳军鞋、护理伤病员。后来她也入了党并参加新四军。在夏美英的带动下，村里好几个姑娘和她一道走上了抗日前线。

"可惜夏美英没有留下任何照片，她也再没有回到柳堡，所以，我们无从得知，这一生她有没有再遇上她的'副班长'，并从此幸福地生活在一起……"施连长说。

与"二妹子"原型同时代的柳堡当地女子资料照片

柳堡连："二妹子"原型也许是她

关于"二妹子"原型，在采访中，行动组还听到了另一种说法。"柳堡二妹子"民兵连战士告诉行动组，前不久她们曾赴北部战区驻山东潍坊某部柳堡连寻根。

柳堡连，是一支有着优良革命传统的英雄连队。1944年车桥战役后，该连奉命进驻宝应刘坝头，进行为期三个月的大练兵。部队官兵纪律严明、作风严谨，与当地百姓建立了鱼水之情。小说里的副班长原型徐金成正是来自这支部队。《柳堡的故事》拍成电影后，该连被正式命名为"柳堡连"。

那么，在胡石言塑造"副班长"和"二妹子"时，是否受到了该连战士事迹的启发？据介绍，柳堡连也有自己认定的"二妹子"——女战士甘文英。

甘文英，1927年出生，江苏高邮人，1945年8月入伍。资料显示，她的经历与"二妹子"也比较吻合，曾被当时的华东军区授予"一级人民英雄"荣誉称号。新中国成立后，甘文英在部队幼儿园任指导员、园长，多次被评为黑龙江省和哈尔滨市先进教育工作者。至于家庭生活方面的情况，没有找到相关记载。

> 传承：
> 一代又一代"二妹子"赤诚拥军报国
> 军功章里有她们的一半

哪怕你一去呀千万里呀，哪怕你十年八载呀不回还。

——《九九艳阳天》

多年来，一代又一代"二妹子"勇立时代潮头，赤诚拥军报国，演绎着柳堡故事新篇章。

"柳堡二妹子"民兵连的女战士中，至今还流传着第三任班长郑秀华的故事。

郑秀华刚20岁出头时，上门提亲的人便接踵而来，但她心仪解放军战士郑继贵。郑继贵兄弟五人，父亲去世早，母亲常年生病。郑继贵去了部队后，郑秀华成了他家的顶梁柱！

1985年，郑继贵所在部队奉命赴边疆执行作战任务，在一次激烈的战斗中，郑继贵被敌人的炮弹炸成重伤。郑秀华听到这个不幸的消息后立即赶往部队。"有人说他膀子掉了一个，有人说腿断掉一条"，可她说，"我不管，只要有一个人就行了。"

"柳堡二妹子"民兵连女兵

郑继贵听闻后非常感动："你看，军功章的一半是你的，有你的一半，才有我的一半！"

据不完全统计，"柳堡二妹子"民兵连先后有60多位姑娘像当年的"二妹子"那样，用水乡姑娘特有的柔情与兵哥哥共同培植出了爱情之花。

"人们往往只知道革命者牺牲生命，却不知道许多革命者还曾牺牲过爱情，而后者有时比前者还更困难！"

这是胡石言创作《柳堡的故事》的初衷，也是我们挖掘这部经典影片幕后故事的用意所在——今天人们能享受安宁幸福的生活，今天年轻人能够张扬青春、畅享爱情，离不开峥嵘岁月里先辈们抛头颅、洒热血的无悔付出！

相关采访

"爸爸18岁时已考入大学，但他毅然决定投笔从戎，后进入新四军部队。"胡石言的女儿胡月介绍道。在部队，胡石言白天一边参加战斗，一边采访记录；晚上写作编辑，刻钢板印刷《战斗报》。在艰苦的军旅生活中，胡石言染上了严重的肺结核。但也正因为这场病，他遇到了自己的"二妹子"。

胡石言的夫人余金芬当时是上海第二军医医院的一名护士，也是一名战士。谈起与爱人的过往，她记忆犹新：当时胡石言作为一名病人，引起她注意是因为他的"清高"——医生查房，他总是站在敞开的窗户旁，背对众人望向室外；护士为患者擦身，他也从来不让护士帮忙，总说自己擦过了。余金芬笑说："当时想这人是不是看不起我们护士呀？"相处时间长了她才了解，原来胡石言是怕把自己的病传染给别人而做了自我"隔离"。

误会的消除也是爱情的萌芽。可胡石言担心自己的病会拖累余金芬，而余金芬此时又跟着部队去了抗美援朝战场，二人一度断了联系。后来胡石言又辗转联系上了余金芬。1955年两人结婚，1957年女儿胡月出生，同年，电影《柳堡的故事》上映。

在女儿眼里，父母一直相濡以沫、不离不弃。"文革"期间，胡石言受到冲击，余金芬坚决不肯与他"划清界限"。后来，69岁的胡石言患上渐冻症后，余金芬悉心照料了他8年。在弥留之际，胡石言作出最后的奉献——自愿捐献遗体；余金芬又一次默默支持。

我们注意到，当年发表小说《柳堡的故事》的杂志、电影剧本手稿，至今依然被胡石言的家人妥帖地收藏着。

陶玉玲：
当年"选角"一波三折

2019年，著名表演艺术家陶玉玲在北京的家中接受了行动组的采访，提及多年前拍摄《柳堡的故事》的经历，当时已经85岁高龄的陶奶奶，对此依然如数家珍。

1956年，中国人民解放军八一电影制片厂决定摄制《柳堡的故事》时，陶玉玲才22岁。在此之前她已经从华东军政大学毕业，被分配到原南京军区前线话剧团的前身——华东军区解放军艺术剧院工作，在话剧舞台上当了好几年主演，她成了"二妹子"一角的主要人选之一。本片导演——新中国第一位女电影导演王苹还特地从北京来找陶玉玲。未成想，"选角"过程却是一波三折。

王苹等人从北京坐火车到南京时，陶玉玲正在去福建东山岛慰问演出的途中。当时很多地区都没有通电话，一行人只能从南京追到杭州，可等他们到时，陶玉玲又去了舟山群岛，导演去了舟山群岛，陶玉玲又到了岱山岛……就这样一路千辛万苦地追，终于追到了陶玉玲。

真追到了，电影主创们却是大失所望。时隔多年，陶玉玲回忆起这个片段时，仍会忍不住笑起来，"当时我们演出话剧，一天能演三场，一场话剧要三个小时，我的一只眼睛因为化装过敏就肿起来了，所以他们一看，怎么是这么一个演员啊！大失所望。"

　　不过，大家还是认真地拍了照片回到北京，"最后还是王苹坚持用我，因为她看了我演的话剧，并且觉得我的眼睛都肿成了那个样子了，一点也没有拒绝他们，她就觉得我是一张白纸，可以画最美的图画。"

　　这是演员陶玉玲人生中的第一部电影，虽然电影里"二妹子"的台词只有一两百句，但"二妹子"田学英还是成了中国电影银幕的经典形象，陶玉玲也成为深受几代中国观众喜爱的女演员。对此，陶玉玲说："不论是'二妹子'还是后来我演的《霓虹灯下的哨兵》里的'春妮'，都是比较典型的中国妇女形象，她们温柔善良。中国人喜欢善良的孩子，观众会把角色当成我。一个演员要时时刻刻提醒自己，不是你有什么了不起，而是你的角色打动了人。"

扫码观看微纪录片
《永远的艳阳天》

青春红似火

不怕苦，不怕死，
23 岁的他义无反顾扑向炸药包

英雄人物

王杰（1942—1965），山东金乡人。生前系中国人民解放军73081部队工兵营一连五班班长。1965年7月14日，在组织民兵进行实爆训练时，王杰英勇牺牲。根据其生前申请，部队党委追认他为中国共产党党员。国防部命名他生前所在班为"王杰班"。2021年9月，王杰精神被纳入中国共产党人精神谱系第一批伟大精神中。

《青春红似火》电影海报

影视经典

《青春红似火》由王苹导演，洪万生、王志刚主演，八一电影制片厂出品，于1966年上映。《青春红似火》讲述了王杰的英勇事迹，颂扬了他"一不怕苦、二不怕死"的革命精神和全心全意为人民服务的高尚品质。

丰碑往事

"四好五好花正浓，一年又比一年红。"1965年7月13日夜，邳州。王杰借助手电的微光，写了篇日记。几个小时后，他站完三班岗。7月14日清晨5点，王杰奔向民兵训练场地。7点30分左右，训练用的炸药包意外爆炸，千钧一发之际，王杰猛然扑向炸点。一声巨响，在场的12名民兵和人武干部得救了，王杰的生命却永远停在了23岁。

调查报告显示：危急时刻，王杰只要往后一仰就能自保，但他没有。生死一瞬究竟发生了什么？又是依据什么，最后判断这是英雄壮举？

舍己救人：
23岁的他扑向炸药包

帮助民兵训练爆破技术，是连里交给王杰的一项任务。1965年7月14日上午7点30分，王杰带领民兵进行最后一项训练——"绊发防步兵应用地雷"实爆。王杰让大家围成一圈，由他做示范动作，认真细致讲解。突然，炸药包意外爆炸。

王杰

"按照规定，这件事当天就逐级上报。"在邳州市王杰精神研究会会长汪春恩主编的《王杰精神代代传》一书里，收录了原国防科工委副政治委员崔毅将军撰写的文章《英雄王杰是怎样被发现和宣传的》。从这篇文章可知当时的大致经过是：王杰所在师党委立即派政治部主任刘德一前往徐州邳县（现邳州市）张楼工兵营训练驻地查明情况，1965年7月20日，在回师部的火车上，刘德一遇到了时任济南军区政治部青年部副部长的崔毅。

刘德一告诉崔毅：7月14日，工兵营一连五班班长王杰开展教学时，代替地雷的炸药包突然意外爆炸，王杰扑向炸药包，被炸得血肉横飞，参训的12名民兵和武装部干部中有一人受重伤，还有几人受轻伤。

刘德一还讲了在处理事故过程中听到的、看到的有关情况，并告诉崔毅，在整理王杰遗物时，发现了一本10万字的日记。刘德一当场念了几段给崔毅听："当兵是为党、为人民、为祖国而来的，就是献上青春也没有怨言……我们要一不怕苦、二不怕死。做一个大无畏的人。"

崔毅听了这些情况后反复思考：王杰平时表现就很优秀，在危难时刻勇于献身，应该对这件事进行全面考察。崔毅决定改变回济南的行程，从徐州下火车，到王杰所在的部队开展深入调查。7月25日，崔毅回到济南，在提交的报告中表明：王杰是一位舍己救人的英雄！

1965年8月4日，军区政治部成立调查工作组，再次到实地对王杰牺牲前后的情况做调研。

缜密调查：
扑向炸点是"本能"反应

调查组先前往张楼民兵训练场，认真细致地进行了勘察。

调查结果显示，意外爆炸的原因出在训练现场的第3根拉火管上。炸药即将爆炸的紧急关头，民兵看到王杰毅然扑向炸点。有的民兵还看到王杰身体被抛起一人多高。根据当时的测量，王杰遗体被掀到作业位置的后方，头距炸点2.1米，脚距炸点3.7米。这表明他是身体往前扑，重心对准炸点之后被甩出去的。

如果姿态未动，只能被冲击波冲向后倒，不可能抛起一人多高，也不可能抛出两三米之远，更不可能身体倒转过来。5位受轻伤的民兵身上都有王杰的碎骨，同样证明了王杰是以身体盖住了炸点。

为了证实王杰是在炸药包爆炸瞬间扑向炸点，调查组决定进行现场实爆试验。

实爆试验者由坦克二师坦克三团工兵连副连长季家祥担任。季家祥用拉火管连接好雷管后，按照王杰的操作程序、操作姿势，一腿跪着、一腿蹲着，把拉火管拉开后身体往后一滚。雷管啪的一声爆炸了，季家祥安然无恙。

调查组又请教了原济南军区工程兵的专家，也得出了相同的结论。

对现场的还原和科学实验数据均证明，在即将爆炸的瞬间，王杰只要迅猛往后一仰，避开爆炸时的45度最大杀伤角，完全可以保全自己。但他放弃了自救，扑向了炸点。

1965年9月20日，师党委追认王杰为中共党员。9月26日，7000多名党政军民参加的王杰烈士追悼大会隆重举行。11月6日，中国人民解放军总政治部发出学习王杰的活动通知。

"要不是王教员扑向炸点，我们要伤很多人。" 1965年8月，调查组在县医院看望受重伤的罗汉瑞时，他激动地讲，自己当时正站在王杰旁边，如果不是王杰用身体盖住炸药包，自己丢掉的恐怕不是一条腿，而是一条命。

多年后，被救民兵追忆起王杰牺牲时的壮烈情景，依然会痛哭失声。邳州张楼地雷班民兵幸存者李彦清说："当我们找到王教员的时候，他两只手都炸掉了，左胸脯炸了个洞，我们十几个人当时都哭了。"

因为王杰奋不顾身的一扑，12人获救（截至2019年仍健在9人），而一场迟到的婚礼却再也等不来它的男主角了。

邳州王杰纪念馆馆长李文静告诉我们，馆内收藏了一束23朵的红色玫瑰，是王杰的未婚妻赵英玲女士亲手制作的。

王杰与未婚妻赵英玲的合影

1957年，王杰的父亲托人到赵英玲家提亲，两家人都很满意这门亲事，就定了下来。后来王杰参了军，赵英玲搬到王杰家里照顾他的家人。1964年，王杰的父母再三写信给王杰催他回家结婚，但因工作需要，只能多次推迟婚期。

王杰牺牲的消息传来，赵英玲悲痛万分。此后，每年的7月14日，赵英玲无论身处何处，都会捧着23朵玫瑰缅怀王杰。2015年7月14日，是英雄王杰牺牲50周年纪念日。70多岁的赵英玲不顾年迈，一路奔波来到徐州，追思那段质朴铭心的爱。

她的王杰，永远地停留在了23岁的花样年华。

延伸阅读

十万余字日记：
还原真实、闪闪发光的王杰

生死瞬间，王杰为什么就能毅然决然放弃自保、无私救人？这个问题其实在1965年5月1日就有了答案。

王杰英勇牺牲后，他的日记被人们发现。从1963年1月到牺牲前夜，他一共写下了十万余字。

《王杰日记》封面

我喜欢自己的工作，我安心于自己的工作，只要需要，我愿干一辈子。

——1963年11月5日

牢记：在荣誉上不伸手，在待遇上不伸手，在物质上不伸手。

——1964年3月3日

我们要一不怕苦、二不怕死，做一个大无畏的人。

——1965年5月1日

1965年5月1日，王杰在日记里写下的这段话，成为他短暂却璀璨人生的动人注脚。

1965年8月上旬，调查组工作结束，按照军区政治部"一字不动，一篇不删"的指示，部队校对文印室全文打印10万余字的王杰日记。

"王杰是普通的战士，更是时代的英雄，半个多世纪来，他用生命践行的'一不怕苦、二不怕死'精神，穿越时空，历久弥新。"邳州市王杰精神研究会会长汪春恩表

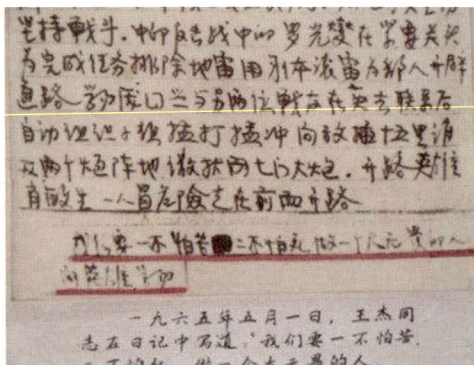

《王杰日记》片段

示：王杰精神永不过时。

事实上，在徐州采访时，我们发现许多人至今仍在自发怀念王杰、学习王杰。

徐州市王杰社区的办公大厅内醒目摆放着写有王杰"人生三问"内容的标语牌。党委书记裴保祥直言：什么是理想？什么是前途？什么是幸福？王杰的这人生三问，同样也是当下人们最常问自己的三个问题。

徐州王杰中学高一（8）班学生蒋雨轩这样理解王杰："他为了实现自己的追求，肯下苦功，淡泊名利。学习王杰，就是学习这种敬业精神。"

2019年5月的一天，80岁的李彦清，在妻子吴增英的陪伴下，又一次前往王杰长眠的烈士陵园，来到王杰牺牲的地点。1973年，这位张楼民兵地雷班首任班长，在地雷实爆演习中勇排哑雷，双眼致残。作为王杰用生命掩护下来的12名民兵之一，他用行动传承了王杰精神。

牺牲的王杰与"活着的王杰"隔空相望。英雄一直都在，英雄从未走远。

扫码观看微纪录片
《0.75秒，生死无畏！》

沙家浜

燃！"迷宫"里的医院，传奇伤病员

影视经典

京剧戏曲艺术片《沙家浜》，由长春电影制片厂出品，谭元寿、洪雪飞等主演，于1971年上映。该片讲述了全国抗战时期，指导员郭建光带领18名新四军伤病员在沙家浜养伤，后在中共地下党员阿庆嫂及进步群众的掩护下，伤病员们伤愈归队，最终消灭了盘踞在沙家浜的日伪武装。2006年，《沙家浜》推出电视剧版，陈道明、许晴、任程伟、刘金山主演。

京剧戏曲艺术片《沙家浜》剧照

丰碑往事

"俺十八个伤病员，要成为十八棵青松。"熟悉《沙家浜》的人都知道，这部京剧是以江南抗日义勇军（以下简称"江抗"）的真实斗争历史为基础演绎出来的。但通过寻访，我们发现，真实的沙家浜故事竟然比艺术创作更传奇。

| "迷宫"中的"传奇"医院 |

战斗负伤离战场，养伤来到沙家浜。

——《沙家浜》唱词

1939年秋，在战斗中右腿严重受伤的吴志勤，在当地群众的掩护下，乘着小渔船进入沙家浜地区的芦苇荡里。他的目的地是一家医院。

没过几天，"双枪大将"叶诚忠排长也因为身受重伤，被送到了这所后方医院。

"江抗"后方医院旧址之——横泾曹浜村

1939年春，为适应抗日战争进入相持阶段的新形势，新四军确立了"向南巩固、向东作战、向北发展"的战略任务。同年5月，陈毅部署叶飞率领新四军第一支队第六团和"江抗"第三路共1000余人，以"江抗"的番号东进抗日，取得一系列战斗胜利。8月底，"江抗"已发展到5000余人。但由于国民党顽固派的污蔑和破坏，"江抗"被迫西撤扬中休整。主力西撤后，一批伤病员留在了常熟阳澄湖一带，组成一个临时的新四军后方医院。

阳澄湖的1.7万亩芦苇、92条河道成为天然屏障，半岛与全岛中，还有难以计数的墩，当地人称为"转水墩"。进入墩区，似入迷宫，如果没有向导，进得去出不来。任谁也不会想到，这儿藏了一个后方医院。

常熟市历史文化暨新四军研究会沙家浜分会秘书长徐耀良介绍，后方医院有三四位医生，还有上海来的学生和当地农家孩子组成的近10名护理员队伍，他们紧随后方医院流动。

医院一般以农家的客堂、厨房、牛棚、猪厩为病房。情况险恶时，就用数只渔船载上伤病员与医护人员，或漂泊在阳澄湖上，或隐匿于芦苇荡中的墩上、垛上。一顶帐子，两块床板，没有麻药，经常就是如此这般，一台手术就做下来了。

医护人员们千方百计地克服困难，寻找与发明一切可以替代药品和医疗器材的物品。

没有药品。他们把烤焦的馒头碾成粉，当作"胃舒平"治疗胃病；把鸡蛋壳放在锅内烘脆后碾成粉末，当作钙片治疗肺结核；就地取材，用米糠、麦麸治疗脚气病。

缺少医疗器材，他们便将筷子劈开，装上木塞做成土钳子；在牛皮纸上涂上胶水当作胶布；把砖块放在炉膛里烧热，包上布，当作热水袋给伤员热敷……

老战士吴志勤被送到沙家浜治疗时才只有16岁，这段治疗经历他记了一辈子。

当时一看到他的伤势，医生就表示"要么开刀，要么性命不保"。没有X光，不知道弹片的具体位置；没有麻药，只能生开刀。

吴志勤儿子吴京成表示，父亲跟他们讲述这段经历时，他们听着都觉得太疼了！吴志勤的手术是在老乡家里做的。医生怕吴志勤疼得受不了，将他的四肢捆在板凳上，用毛巾塞住他的嘴。没等动完手术，他早就痛得昏死过去。

"但父亲总是强调，在那种情况下，能有医生来救治已经很幸运了。"吴京成说。

| 36 位真正男子汉 |

俺十八个伤病员，要成为十八棵青松！

——《沙家浜》唱词

生开刀是什么概念？江苏省中医院普通外科主任江志伟用一个成语来形容——痛不欲生。他直言，从专业的角度看，沙家浜伤病员和医护人员面临的困难是巨大的。在当时那种恶劣的条件下，进行外科手术，患者的死亡率在

50%以上，因为面临几方面的考验：第一关是疼痛，在没有麻药的情况下开刀，需要克服巨大的疼痛，让人痛不欲生；第二关就是感染，这一关的死亡率也很高，在医学不发达的时代和地区，曾有在手术部位以浇滚油的方式止血灭菌，可想而知这样的手术成功率是极低的；第三关是营养，患者在手术后康复阶段还需要大量营养。

江志伟进一步说道："现在医疗水平和条件相对而言都很好了，但胃癌患者术后平均需要两周才能出院，再休息一到两个月才能重返工作岗位。而沙家浜的伤病员们，冒着术后并发症的高风险，克服了巨大的生理及心理压力，再次奔赴战场。支撑他们的一定是钢铁意志和必胜信念，他们是真英雄。"

我们不禁想知道，后方医院里到底有多少名伤病员，还有哪些"勇士"？

常熟市历史文化暨新四军研究会会长彭根华介绍道，有说是18人的，也有人说有100多人。他认为前者应该是受了京剧《沙家浜》里"十八棵青松"的影响，后者则是把西撤时留下的伤病员和新"江抗"在以后战斗中出现的伤病员加在一起，实际都不准确。

据沙家浜革命历史纪念馆馆藏资料显示：后方医院在群众的掩护下，为避开日伪顽的追捕，分散隐蔽于芦滩、芦荡中。有一天，湖水猛涨，激流冲走了1位伤病员，后任"江抗"东路司令部司令员、正在后方医院病中休养的夏光，紧急召开会议，对伤病员进行姓名登记。之后人员有进有出，但首次登记的36人名单被保存了下来。

"尽管几个版本的伤病员名单有些不同，尽管有的人

沙家浜革命历史纪念馆公布的36个伤病员名单			
刘飞	主任	何刚	战士
夏光	参谋	周义夫	战士
黄烽	干事	袁阿毛	战士
吴立夏	连长	王佑才	战士
叶诚忠	排长	李立根	战士
张世万	排长	何彭福	战士
王新明	排长	黄德清	战士
金耀宗	排长	金辉	战士
费介成	排长	赵阿三	战士
叶克守	排长	张金雷	战士
李朱	文书	陈金荣	战士
巫中	战士	狄凡	战士
谢锡生	战士	薛村(薛才如)	战士
潘阿兴	战士	吴志勤	教员
李之毅	战士	钱卓云	战士
康金龙	战士	朱墨陶	战士
叶耀卿	战士	吴有民	战士
张英	战士	陈明	战士

沙家浜革命历史纪念馆公布的36个伤病员名单

至今仍下落不明，但我们不再去刻意地作任何调整，因为，他们都是那个时代真正的男子汉。"徐耀良这样说。

| 疗伤后立即又投入战斗 |

伤员们日夜盼望身健壮，为的是早早回前方。

——《沙家浜》唱词

在置生死于度外的水乡人民的掩护下，在芦苇荡里秘密养伤的36位新四军战士，一次次挺过了"扫荡"，一天

"江抗"后方医院工作者合影

天熬过了伤情，尽管条件极其恶劣，却基本上在一个多月的时间里奇迹般逐渐康复。就如京剧唱词里所言：伤员们日夜盼望身健壮，为的是早回前方。伤愈后的他们又立即投入战斗。

1939年11月6日，以这36个伤病员为骨干，江南抗日义勇军东路司令部在现沙家浜唐市镇附近的一所破庙里成立，夏光任司令，杨浩庐任副司令兼政治部主任，黄烽任政治部副主任。这支部队冲出芦荡，由弱到强，重新投身到抗日战场中。1940年3月，江南抗日救国军东路指挥部（简称"新江抗"）组建，1941年2月被改编为新四军第六师十八旅，后来成长为中国人民解放军的"百旅之杰"。

追踪这36人，我们注意到谢锡生、叶诚忠、张世万、王新明、康金龙、袁阿毛、狄凡等7人，先后在后续战斗中英勇牺牲。

叶诚忠，是《沙家浜》中叶排长的综合原型之一。1939

年9月，他在与胡肇汉（《沙家浜》中胡司令的原型）所带领的"忠义救国军"的战斗中不幸负伤，被留在阳澄湖地区养伤，成为36名伤病员之一。身体一有好转就立即重返部队继续投入战斗的他，1944年在扬州宝应县大官庄战斗中壮烈牺牲，年仅30岁。

病愈重返战场的黄烽，先后参加了苏中战役、淮海战役、渡江战役、解放福州、进军厦门等诸多战事，于1964年被授予少将军衔。黄烽之子黄安翼说，母亲杨平也是新四军老战士，父母对沙家浜都很有感情。在沙家浜革命纪念馆西侧的伤病员墓地，风吹又起，青草依依，黄烽与夫人的骨灰一起被安放在这里。

2016年6月20日，"36名伤病员"中年龄最小的吴志勤在家乡无锡辞世，享年94岁。逝后回到曾经战斗过的地方，是吴志勤的遗愿。"阳澄湖畔埋忠骨，芦苇荡里祭英魂。"2017年1月，吴志勤的骨灰也被安放在"忠魂"墓地。

至此，36名伤病员都走完了各自的人生旅途。曾经同生死、共患难的亲密战友们，又魂归一处，共同守护这片红色热土。

这一英雄群体已成历史丰碑，他们的功绩将永远为人们传颂，那段可歌可泣的光荣历史同样会被铭记。

延伸阅读

| 阿庆嫂的原型是谁？ |

这个女人不寻常！

——《沙家浜》唱词

阿庆嫂是戏剧塑造的人物，追溯她的原型，我们发现很多有相似经历的人。范惠琴、陈二妹、朱凡、干桂宝、戴阿大、徐巧珍、陆二嫂……这些参加抗战的女性身上都有阿庆嫂的影子。还有资料显示，阿庆嫂也可能是位男性，比如东来茶馆老板胡广兴，他当年就是新四军的秘密交通员。其实，这些大智大勇的抗战民众都是"阿庆嫂"。

他们当中，生于1911年的范惠琴，居住最久的地方正是沙家浜。2003年，范惠琴去世，她是阿庆嫂众多原型中最晚离世的一位，因此也被称为"绝版阿庆嫂"。老人的外孙金耀良透露，"外婆在北泗泾村的家是一个三进三出的大宅院，是新四军和地下党经常活动的交通站，当时的主要工作包括护理和掩护伤病员，传递革命情报，为新四军做军鞋等。"

乱世英雄起四方，有枪就是草头王。

——《沙家浜》唱词

《沙家浜》中主要的反面人物、"忠义救国军"司令胡传魁，也有明确原型——"草头王"胡肇汉。

1940年初春，"新江抗"部队在洋沟溇与日军激战时，胡肇汉从背后偷袭我方部队，造成"新江抗"27名指战员壮烈牺牲。1941年夏，胡肇汉又勾结日军金井部队及伪军，联合包围驻扎在陆巷村的新四军，导致我方伤亡百余名战士，其中10名伤员被残忍活埋。他还与"忠义救国军"抓捕了阳澄县抗日民主政府县长陈鹤，以酷刑迫害其致死。据统计，胡肇汉抓捕的我党地下工作者、"新江抗"战士亲属和无辜群众近200人，都对他们施以枪杀、刀砍、火烧、活埋等野蛮酷刑。

1950年，胡肇汉被抓获，被绑赴刑场执行枪决。

扫码观看微纪录片
《信仰挑战"生命极限"》

英雄儿女

抱起炸药包与敌人同归于尽，
他是《英雄儿女》王成原型之一

英雄人物

　　杨根思（1922—1950），江苏泰兴人。中国人民解放军全国战斗英雄，中国人民志愿军第一位特等功臣和特级战斗英雄。1944年加入新四军，在解放战争中屡立战功。1950年赴朝鲜作战，担任中国人民志愿军第二十军五十八师一七二团三连连长。他作风顽强，"不相信有完成不了的任务，不相信有战胜不了的敌人，不相信有克服不了的困难"。1950年11月，在抗美援朝第二次战役中英勇牺牲。

影视经典

　　长春电影制片厂1964年出品的电影《英雄儿女》，改编自巴金的小说《团圆》。在构思王成牺牲的细节时，电影编剧毛烽想到了很多抗美援朝英雄，最后决定以特级英雄杨根思为原型之一。影片中，"王成"手持爆破筒扑向敌人的壮举正是根据烈士杨根思的事迹设计的，"向我开炮"的经典情节则取材于另外一位志愿军战士于树昌的事迹。

《英雄儿女》电影海报

丰碑往事

"烽烟滚滚唱英雄，四面青山侧耳听……"听到这首熟悉的《英雄赞歌》，很多人脑海中立刻浮现电影《英雄儿女》主人公王成手持爆破筒扑向敌人的难忘一幕。1964年的这部电影和插曲，曾轰动一时。"王成"的原型之一，中国人民志愿军特等功臣、特级战斗英雄杨根思，出生在江苏泰兴。

> **英雄成长：**
> 在解放战争中已获"华东一级战斗英雄"称号

江苏泰兴根思乡，占地近4万平方米的杨根思烈士陵园内，青松挺拔，庄严肃穆。这是全国面积最大的为个人而设的烈士陵园。

走进烈士陵园，迎面矗立着烈士的巨型塑像：一身戎装，左手攥拳，右手紧抱炸药包，坚毅的眉宇间，展示着大无畏的英雄气概。烈士陵园馆藏资料负责人唐鹏飞告诉我们：眼前的塑像所处之处，在1957年之前还是两间破草棚，也就是杨根思故居所在地。

杨根思出身于泰兴一个贫苦的农民家庭。1944年，年轻的杨根思加入新四军。在部队里，他不光英勇作战，还刻苦钻研杀敌技术。1947年1月，在齐村战斗中，杨根思连续爆破国民党守军碉堡群，保障部队迅速全歼齐村守敌。这次战斗后，他被评为"华东一级战斗英雄"。

跟随部队转战南北，杨根思不畏艰难困苦，经历了抗日战争、解放战争和抗美援朝战争的炮火洗礼，参加大小战斗300余次，靠自身过硬的素质和胆识，在历次重大战役中屡建奇功。

这不是一位一夜间"横空出世"的偶像，这是一位真正从战斗中一步一步成长起来的英雄！

英雄忠魂：
零下三十度，用玉米壳保暖

在烈士陵园内，有一处庄严肃穆的衣冠冢。杨根思在战场上牺牲时没有留下任何遗骸，人们只好从他牺牲的小高岭上采来一抔泥土，连同他生前的几件衣服，一起放于衣冠冢内。衣冠冢后面的小土山，原型就是杨根思牺牲的小高岭——山上青松挺拔，象征着英雄永生，浩气长存。

"人民战士驱虎豹，舍生忘死保和平。" 1950年，杨根思加入中国人民志愿军，随部队跨过鸭绿江，开赴朝鲜战场。他和所在连的战士们冒着零下30摄氏度的极寒，夜行60多公里路，准备参加下碣隅里战斗。

战场的惨烈和艰苦程度远超一般人的想象。根思小学校长孙建平介绍，在泰兴市根思小学的校本教材里，有这样一段描写："十一月，朝鲜东北部的崇山峻岭上已盖起了几尺厚的积雪。战士们搜集一些枯枝铺在雪地上，用树干撑起油布，就在里面睡觉。外面的狂风刮得油布呼呼响，大块的积雪抖落在被子上，战士们冻得直咬牙。"

杨根思立即同指导员研究防冻的办法。他带领全连战士跑步，又动员大家用雪"擦脸""擦手"，直到脸上发红光，冒热气。有位战士贡献了一个防冻方法：把玉米壳撕成条状，用手使劲搓揉，然后用它来裹脚，就像棉鞋一样暖和。杨根思觉得这个方法好，连忙把它推广到全连。相形之下，当时美军装备了先进的棉帐篷、火炉，而他们还是抱怨朝鲜的天气实在是太糟糕了！

面对如此艰难环境和严峻考验，杨根思在赴朝作战前的动员会上说：不相信有完成不了的任务，不相信有克服不了的困难，不相信有战胜不了的敌人。这"三个不相信"，是支撑他和战士们不畏凶悍敌人、保持必胜信念的英雄之魂，也是他留给后人的宝贵精神财富！

英雄永生：
敌人发起第9次进攻，高地上只剩他一人

杨根思烈士陵园里矗立的烈士塑像，高10.71米，这是在纪念他誓死守护的阵地——长津湖1071.1高地。1950年11月，在抗美援朝战争第二次战役分割围歼咸镜南道美军战斗中，杨根思奉命带1个排扼守下碣隅里外围的1071.1高地东南小高岭，负责切断美军南逃退路。

11月29日，号称"王牌"军的美军陆战第一师开始向小高岭进攻，猛烈的炮火将大部分工事摧毁。杨根思率领全排顽强阻击，以"人在阵地在"的英雄气概，接连击退美军8次进攻。当时阵地上只剩下杨根思和通信员王喜、重

机枪手陈德胜三个人。不久，通信员负伤了，机枪子弹打光了，杨根思命令他们立即撤下去，把重机枪带走。

美军发起了第9次进攻，又有40多名敌人爬近山顶。杨根思毅然抱起仅有的一包炸药，拉下引线，纵身冲向敌群，与爬上阵地的敌人同归于尽！他用生命捍卫了小高岭阵地，也为夺取战役胜利赢得了时间，立下卓越功勋。

泰兴杨根思烈士陵园内的杨根思塑像

杨根思牺牲时还没有成家，还没有来得及去弥补童年的磨难，还没有品尝这世间的很多幸福滋味，就为祖国和人民奉献了自己的一切。英雄将生命永远地定格在了28岁。

英雄传承

"为什么战旗美如画，英雄的鲜血染红了它；为什么大地春常在，英雄的生命开鲜花！"杨根思用舍生忘死的壮举诠释了"英雄"这令人敬仰的称号。70多年过去了，人们对英雄的怀念还在继续。2009年，杨根思被评为"100位新中国成立以来感动中国人物"。

"杨根思牺牲后，家乡人民自发建起了杨根思祠"，根思乡时任民政助理周忠根在采访中告诉我们，1956年当地在此基础上建成杨根思烈士纪念馆，1978年正式定名为杨根思烈士陵园，建筑界泰斗杨廷宝和东南大学教授齐康主持设计了陵园的整体建筑方案。

一个朴素的背影

"陵园平均每年要接待10万多人参观、瞻仰，今年以来已经接待了4万多人。"唐鹏飞告诉行动组。

15年来，几乎每一个早晨，来杨根思烈士陵园祭奠、缅怀的人们，都会看到一位穿着朴素的老人，手拿簸箕和扫帚，在塑像前、衣冠冢周围默默地清扫。这就是76岁的退休老人徐章圣，他曾经在这里工作了整整23年。

2004年退休后，徐章圣依然每天都从附近的家，走到陵园里来帮着打扫，任凭岁月变迁，从未改变。

一位普通的连长

杨根思牺牲后，中国人民志愿军领导机关为杨根思追记特等功，并追授"特级英雄"称号，命名他生前所在连为"杨根思连"。

翁海林，"杨根思连"第十八任连长，现任泰兴市公安局警务督察大队副大队长。任连长的三年间，他带领连队参加师以上军事比武考核，获得46枚金牌。1999年，他转业至泰兴市公安局工作，在110接处警中队当起了处警员。工作转变如此之大，让他有点不知所措。为此，他特地抽了一个周末，带着鲜花来到杨根思烈士陵园。"站在雕塑前，百感交集，想想老连长杨根思，人生短短28个春秋，一生奋斗无怨无悔，比比老连长，自己还有什么过不去、想不通的呢？"

老连长的"三个不相信"，日日夜夜在翁海林心头回响。他迅速调整了工作状态，全面熟悉和掌握相关法律法规，经过不断实践，成了单位办理治安刑事案件的行家里手。2011年，他带领侦破的一起特大生产销售地沟油案，被公安部评为"全国十大食品类经典案例"。他如此说道："老连长杨根思的英雄精神早已深入我们的血脉，这颗力量的种子，一旦种下，就不会离开，只要你真正需要，便会喷涌而出。"

| 一片焕发生机的热土 |

英雄的故乡，原名"羊货郎店"，1955年为纪念杨根思更名为"根思乡"。它隶属于黄桥革命老区，是典型的农业大乡，也是泰兴目前唯一的建制乡。

如今，英雄的精神正激励着一代又一代根思人在家乡这片红色的热土上奋力耕耘。乡政府工作人员介绍，根思乡在推进经济发展的实践中诠释杨根思"三个不相信"精神，因地制宜，积极探索，促进高效农业规模化经营，大力发展生态休闲观光农业，突出"生态村"创建和"康居村"建设。一个宜居宜业的美好家园，正在人们眼前焕发生机。

> 每个不懈奋斗、无私奉献的人
> 都是祖国的"英雄儿女"

影片《英雄儿女》开头不久，志愿军战士王成就在战场上牺牲了。为继承他的遗志，妹妹王芳以及千千万万的战士仍在继续拼搏。

时空流转，山河无恙。从杨根思连曾经的连长、如今的破案能手翁海林，到传承杨根思精神的普通劳动者，从他们的身上，人们深深感受到杨根思舍生忘死的爱国主义精神、凛然不屈的革命英雄主义精神、不畏艰难的革命乐观主义精神。经过数十年时光，这种精神依然发挥着巨大力量，激励大家在建设祖国的不同岗位上勇猛奋进。只要胸怀"国之大者"，将人民的利益真正置于心中，在新时代努力奋斗的每个人都是值得骄傲的中华儿女。英雄不朽，精神永存！

扫码观看微纪录片
《英雄的生命开鲜花》

朱瑞 炮兵司令

开国大典时天安门悬挂的主席像，来自
与他的合影

英雄人物

朱瑞（1905—1948），江苏宿迁人。无产阶级革命家，中国人民解放军炮兵奠基人。历任中共中央长江局军委参谋长兼秘书长，红三军政治委员，东北民主联军和东北军区炮兵司令员兼炮兵学校校长等职。1948年在辽沈战役中牺牲，是解放战争时期人民解放军牺牲的最高级别将领。

影视经典

电影《炮兵司令朱瑞》由高峰导演，任帅主演，于2013年上映。1945年日本投降，朱瑞率领炮校全体挺进东北，搜集日军遗留下来的炮弹装备，组建解放军新兵种——炮兵，为辽沈战役和全中国的解放作出了重要贡献。

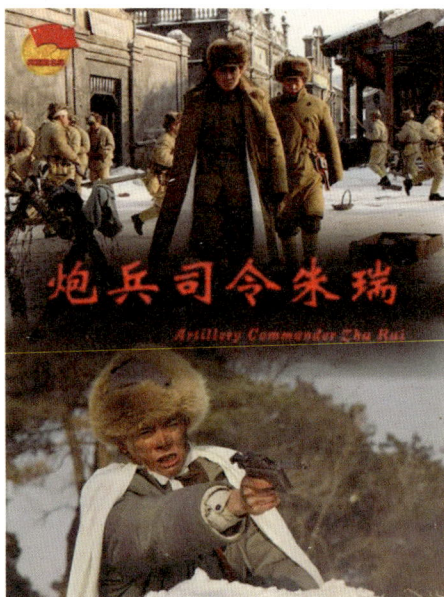

《炮兵司令朱瑞》电影海报

丰碑往事

在攻城战役即将结束时，为了第一时间察看炮弹的威力，作为炮兵司令员，他向着被大炮炸开的城墙跑去……途中不幸踩中地雷壮烈牺牲，时年43岁。他就是被称为"中国炮兵奠基人"、从江苏宿迁走出去的一代名将——朱瑞。

鲜为人知的是，1949年开国大典时天安门城楼上悬挂的主席画像，就取自毛主席和他的合影。行动组前往宿迁等地寻访，回溯朱瑞将军不畏艰险、许党报国的壮丽一生。

> **他提出要到炮校当教员**
> **毛泽东说：你就做我们中国的炮兵元帅吧**

朱瑞，字剑侠，1905年出生于江苏宿迁。他早年留学苏联，成为莫斯科中山大学、克拉辛炮兵学院的高才生。1930年春，朱瑞带着所学回到日思夜想的祖国，投身火热的革命斗争。

1945年6月中旬，中共七大胜利闭幕后不久，中央决定让朱瑞出任中央军委副总参谋长。在周恩来找朱瑞谈话时，朱瑞敞开心扉，说想到炮校当一名教员。

几天后，毛泽东又找朱瑞谈话。朱瑞表示，自己在苏联是学炮兵的，一心回国发展炮兵。他申请去炮兵学校，为发展人民炮兵做力所能及的工作。

毛泽东非常赞赏朱瑞的想法：我支持你的意见，去建立我们自己的炮兵队伍。在两人告别时，毛主席握着他的手说："苏联有炮兵元帅，你就做我们中国的炮兵元帅吧！"

这时，摄影记者郑景康正好过来拍照，毛泽东兴致勃勃地提出和朱瑞合个影。

六集文献纪录片《朱瑞将军》总撰稿人洪声说，这张抓拍的照片，神情很是自然，"后来，毛泽东得知朱瑞在辽沈战役揭幕战义县战斗中牺牲的噩耗，非常悲痛。在开国大典前，他选定和朱瑞旧时合影中自己的形象，制作天安门挂像，也寄托了对朱瑞这位'人民炮兵之父'的感念。"

《收集武器之歌》响彻林海雪原
他从冰河中捞出三门日军野炮

1945年6月底，朱瑞被任命为延安炮兵学校代理校长。抗战胜利后，遵照中央和军委的指示，他率领延安炮校1000余名师生迁至东北，准备接收日军装备，组建人民炮兵。然而，现实困难重重，让朱瑞原来的计划落空。

面对突如其来的变化，朱瑞没有灰心，而是迅即提出"分散干部，搜集武器，发展部队，建立家业"16字方针，将全校绝大多数师生分散到东起绥芬河、西至满洲里、南自长春、北到穆陵的广大地区，搜集日伪军遗弃的武器。

冰天雪地里，朱瑞亲自带领炮二团的一个连来到镜泊湖，与战士们一起抢起镐头，砸开四五尺厚的冰层，捞出三门野炮。至1946年5月，炮校师生共收集并修配完成各种火炮798门，弹药63万发，坦克及牵引车65辆，以及大批火炮零配件和器材，为建立东北炮兵奠定了物质基础。

著名的《收集武器之歌》，就是在这一时期传唱开的："我们去收集武器，自己来装备自己，不到黄河心不死，不搞到大炮绝不回去……"

由弱到强，"战争之神"初显神威
步兵群情振奋：我们的火炮来了！

1946年10月起，朱瑞先后任东北民主联军和东北军区炮兵司令员，兼任炮兵学校校长。他提出"变学校为部队，拿部队当学校"的工作方针，很快组建装备起80多个炮兵连和1个高炮大队、2个坦克大队、1个修械所。辽沈战役前，东北炮校共培养2000多名干部，不仅充实了东北军区的炮兵人才，还为兄弟军区输送了几百名干部。

朱瑞还不断总结作战经验，提出步炮协同、抵近射击等战术原则。"这套战术原则，在解放战争后期和抗美援朝战争中，都发挥了重要作用，而且至今仍有其生命力，仍然是我军火炮运用的基本原则。"洪声说，火炮在当时的作战中被称为"战争之神"，"炮兵铁血雄师的横空出世，对东北战场和全国解放战争局面的扭转起到了至关重要的作用"。

当时的《东北日报》曾特地发表步兵给炮兵请功的文章:"听见炮响两三声之后,一看就把敌人坚固的碉堡和匪徒,一同给翻了身——摧毁了。你们掩护我们步兵顺利冲锋取得了胜利。"步兵们看到炮兵就欢呼起来:我们的火炮来了!

解放战争中牺牲的最高级别将领
为深入了解火炮威力不幸触雷,以身报国

1948年10月1日,朱瑞指挥炮兵纵队参加攻克锦州以北国民党军据点义县县城的战斗。经过1个小时的炮火袭击,县城南面和东面城墙被炸开3个三四十米宽的大口子,步兵由此迅速突入城内,仅用五六个小时就全歼守敌1万多人,揭开了辽沈战役的胜利序幕。

在攻取义县的战斗中,我军第一次使用缴获的美国榴弹炮。为了解这种火炮的性能,为下一步攻取锦州城积累经验,战斗还没结束,朱瑞就从指挥所出来,亲往城南突破口,实地查看城墙被炮火破坏情况。途中,他不幸触雷,壮烈牺牲,成为解放战争时期我军牺牲于战场的最高级别将领。

中共中央在唁电中指出:"朱瑞同志在中国人民解放军的炮兵建设中功勋卓著,今日牺牲,实为中国人民解放事业之巨大损失,中央特致深切悼念。"中央军委决定将

东北军区炮兵学校命名为"朱瑞炮兵学校"。

朱瑞牺牲后一个多月，1948年11月2日，沈阳解放，辽沈战役大获全胜；他牺牲一年后，中华人民共和国成立！

"投笔从戎南征北战功勋卓著，炮兵先驱威震神州万古流芳。"江苏宿迁朱瑞纪念馆里的这副对联，概括了这位"战地炮魂"奋斗不止的一生。始于炮，终于炮，炮兵司令朱瑞传奇、辉煌的43年人生，彪炳青史、英名长存！

英雄传承

| 朱瑞将军长女朱淮北：
| 我为父亲自豪和骄傲

朱瑞将军的长女朱淮北，在文献纪录片《朱瑞将军》中回忆父亲时深情地说道："父亲没有辜负毛主席、朱总司令的重托，圆满地完成了党交给的使命，仰望父亲为新中国成立所创下的功勋，我为父亲自豪和骄傲。"

"冥冥之中有一股力量，可能在左右着我和我妹妹的选择，我和妹妹都从事炮兵科学工作，而且一直做到最后，想到这一点，我就觉得我可以用我的一生告慰我的父亲。"

其一，作为开路先锋的红一军团政治部主任，走在长征队伍的最前面，一路身先士卒，斩关夺隘，屡建奇功。

其二，开辟山东敌后抗日根据地，为全国抗战作出了不可磨灭的贡献，也为日后的解放战争提供了后方基地和军民力量的供给。

其三，创办华北军政干部训练所，先后培养2000多名军政干部，成为我党重要的敌后抗日骨干力量。

其四，创建了一支拥有4700多门大炮的铁血雄师，对东北战场和全国解放战争局面的扭转起到了至关重要的作用。

文献纪录片《朱瑞将军》总撰稿人洪声：
他是家乡人民心目中永恒的丰碑

洪声被家乡英雄朱瑞将军的精神深深感染，不仅撰写相关影视剧本，编辑出版相关纪念文集，还自费自说自制网络视频评书《炮兵元帅》，网友反响热烈。

在他看来，朱瑞将军是"我党我军创建初期少有的留苏受过系统完整政治及军事教育的英才！我党我军创建不同时期都作出过特殊贡献、立下过不朽功勋的帅才！亲手缔造了我军第一支炮兵纵队、航空总队、坦克兵大队的奇才！"在东北期间，朱瑞还全力支持东北人民自治军保安大队长高克等人成立了我军第一个坦克大队，并创建我军第一个航空学校和航空总队。

朱瑞是家乡人民心目中永恒的丰碑！

扫码观看微纪录片
《剑影远去 侠气长存》

金陵之夜

潜伏在敌特心脏的钱壮飞

英雄人物

钱壮飞（1895—1935），浙江关兴（今湖州）人。1919年，毕业于北京医学专门学校。1926年，加入中国共产党，以医生职业为掩护从事党的秘密工作。1929年底，打入国民党中央组织部党务调查科，任调查科主任徐恩曾的机要秘书，不断为中共中央获取大量重要情报。1931年4月，将顾顺章叛变的消息及时转报周恩来，为保卫中共中央机关的安全作出了重大贡献。同年8月进入中央革命根据地，历任红一方面军保卫局局长、中央革命军事委员会总参谋部第二局副局长等职。1934年10月参加长征。1935年遵义会议后被任命为红军总政治部副秘书长。

影视经典

在中国电影史上，《金陵之夜》是一部非常特别的电影。这部由孔祥玉、王铁成、孙飞虎主演的电影，真实再现了我党历史上一次"传奇般的化险为夷"。电影主人公是大名鼎鼎的红色特工、"龙潭三杰"之一的钱壮飞，影片编剧、导演钱江，是钱壮飞的儿子，也是"金陵之夜"的亲历者之一。

丰碑往事

到底是怎样的惊心动魄，才会让周恩来后来多次说出：要不是钱壮飞同志，我们这些人都会死在国民党反动派手里。钱江之子钱泓在湖州钱壮飞纪念馆接受行动组专访，为我们讲述了爷爷钱壮飞的传奇人生。

《金陵之夜》电影海报

顾顺章叛变！
紧要关头，他截获密电

位于南京中山东路的中央饭店旁有一栋小洋楼，这里曾是国民党特务机关"中统"前身——国民党中央组织部调查科所在地，为掩人耳目，对外挂了"正元实业社"的牌子。

故事要从1931年4月25日讲起。这一天是周六，调查科主任徐恩曾照例去上海"潇洒"了。他的机要秘书、地下党员钱壮飞正独自值班，忽然收到武汉发来的三封加密急电。

这种情况从未发生过，钱壮飞判断出大事了。果然，密电拆开，"上面写着'黎明被捕　并已自首'。黎明就是顾顺章，顾顺章叛变了！"尽管这段历史已相隔九十多年，但听钱泓讲起时，依然能感受到他的激动。

顾顺章曾是中共中央特科负责人之一，掌握着上海多位党中央领导人的秘密住址和联络方式。他变节的后果不堪设想。万幸，这一绝密情报被早已潜伏在敌人心脏的钱壮飞截获。

钱壮飞当机立断，派女婿刘杞夫连夜坐火车去上海送消息。

随后，他火速赶往位于南京丹凤街的"民智通讯社"。此时已是深夜，屋中没人，他往地图上划了一刀——这是暗号，通知同志紧急撤离。

领导机关成功转移，钱壮飞的儿子流落街头

从丹凤街回来后，钱壮飞又收到三封武汉密电，其中一封写着"这个消息不可让左右的人知道"。他自己也暴露了！加上钱壮飞担心刘杞夫能否顺利把消息送到，因此，他决定天一亮也启程赶去上海。

4月26日，周日。李克农接到消息，通过陈赓报告给党中央。周恩来亲自领导转移工作。27日，叛徒顾顺章

乘轮船抵达南京后，被送到"正元实业社"。一进门他就说："这是我们驻京办事处。"徐恩曾大吃一惊：身边最信任的机要秘书竟是共产党员！第二天，军警特务在上海展开大搜捕，处处扑空。中共中央、江苏省委和共产国际的派驻机关已全部转移。

这段惊心动魄的经历，被记载在《聂荣臻回忆录》里——"两三天里面，我们紧张极了，夜以继日地战斗……结果，他们一一扑空，什么也没有捞着。"

一场巨大灾难得以避免。而为了给战友争取时间，避免打草惊蛇，钱壮飞忍痛将儿子钱江和女儿钱椒椒一家留在了南京。他给徐恩曾留了张字条，说明两人是政见不同，不要殃及孩子，否则便将其贪污特务经费、暗算同僚和生活上的秽行公之于众。

这封信令徐恩曾心存忌惮，他将钱椒椒夫妇关押数月后释放。而12岁的钱江和他6岁的小外甥却在南京街头流浪多日。

更让人痛惜的是，家人与钱壮飞的这次离别竟成诀别！1931年5月，钱壮飞从上海撤离后前往苏区。1935年3月底，他在南渡乌江时失踪。经过多次调查，中央确认钱壮飞牺牲于贵州省金沙县后山乡一带。牺牲时，他年仅40岁。

打入敌特心脏，
在敌人眼皮底下过组织生活

邓颖超曾说："这次传奇般的化险为夷是我们党秘密

工作打入敌人核心最为成功的一次。"

那么，钱壮飞是怎样成功打入敌人核心的呢？

湖州中学党委书记吴维平说，钱壮飞1895年出生于浙江省湖州府（今湖州市），6岁进洋学堂，12岁考入湖州府中学堂（湖州中学的前身），曾受钱玄同等大师的影响。

"1914年，爷爷考入国立北京医学专科学校，在学校里结识了奶奶张振华，后加入中国共产党。毕业后，爷爷先在北京长兴街挂牌行医，后至京绥铁路局附属医院工作，同时兼任美术学校教员、报馆编辑等职。"钱泓介绍，1927年大革命失败后，经组织安排，钱壮飞离开北京，来到上海。

1928年，钱壮飞以优异的成绩考入上海无线电管理处。由于他工作能力强，并且和无线电管理处主任徐恩曾是湖州老乡，很快得到赏识。1929年，在西湖博览会上，钱壮飞凭借过人才华，将"特种陈列所"办得有声有色。出足了风头的无线电管理处得到陈立夫的表扬，也让钱壮飞进一步得到徐恩曾的信任和重用。

1929年冬，徐恩曾被派往南京担任国民党中央组织部调查科代理主任，他让钱壮飞担任机要秘书。钱壮飞立即向党组织汇报了这一情况，中央特科决定派李克农和胡底与他一起"打进去，拿过来"，将国民党的情报"为我所用"。于是，钱壮飞在南京、李克农在上海、胡底在天津，如同利剑一般直插敌特机关"心脏"，形成了"铁三角"情报网。周恩来曾感慨地说道，他们三个人深入龙潭虎穴，可称之为"龙潭三杰"。

他们的机智与果敢令人惊叹。在"正元实业社"旧址

"龙潭三杰"：李克农、钱壮飞、胡底（从左至右）

前，南京中央饭店营销部经理刘宏向我们介绍："三人有了相应的身份，活动方便。李克农、胡底每次到南京，都堂而皇之地住进接待国民党高官的中央饭店。'龙潭三杰'在敌人的眼皮底下，过起了党的组织生活。"

智取密码本，奠定两次反"围剿"斗争胜利基础

徐恩曾虽然视钱壮飞为心腹，但有一样东西却从未放手，那就是国民党高层之间的电报密码本。因为蒋介石和陈立夫曾亲自指示他，密码本只能随身携带，绝不可交给第二个人。

钱泓披露了一个细节：徐恩曾混迹风月场，经常拈花惹草，钱壮飞就对他说，不能把这些秘密带到那种地方，万一出了事儿，吃不了兜着走。徐恩曾觉得有理，每次去

前就把密码本锁进保险柜。钱壮飞取出后用照相机拍摄。但有些密电还是破译不了。后来他发现，徐恩曾桌上总是放着《曾文正公文集》。徐恩曾是从美国留学回来的，为何会对曾国藩感兴趣？果然，他从中破译出了密码。就这样，钱壮飞掌握了国民党统治集团内更为核心的机密。

1930年10月和1931年4月，蒋介石先后对中央革命根据地和红军发动第一次、第二次"围剿"。这些绝密情报都被钱壮飞破译。据钱泓介绍，"钱壮飞把情报装进国民党组织部的大信封，用国民党的交通系统传递给李克农，李克农传递给周恩来，再由周恩来传递到瑞金。"长期研究钱壮飞的专家——湖州市新四军历史研究会副会长潘渭民认为，第一次和第二次反"围剿"斗争取得胜利，情报工作都发挥了重要作用。

"宝藏特工"惊才绝艳，对党忠诚撼人心魄

钱壮飞才华横溢，涉猎广博。潘渭民说，用现在的话讲，钱壮飞是"干一行、爱一行，专一行、成一行"。而最让人钦佩的是，钱壮飞把所有的才华都投入为自己的信仰服务上。"他本可以安安心心地过小日子，但他认准中国共产党是代表人民群众的党，是有前途的党。"

如果生在和平年代，钱壮飞可能会在艺术和设计领域有一番成就。"在苏区那么艰苦的环境里，爷爷除了破译敌人的电报，还承担瑞金苏区叶坪红军广场、红军烈

士纪念塔、红军检阅台、公略纪念亭、博生堡、红军烈士纪念亭、沙洲坝'二苏大礼堂'等建筑，以及红星奖章、政府大印的设计工作；题写《红色中华》报头，写文章、画漫画；编剧本、演话剧。我爷爷多才多艺，干得有声有色！"钱泓钦佩地说。

实际上，早在1926年，钱壮飞就拍过一部叫《燕山侠隐》的电影。这部电影的海报被留存了下来，也是目前中国现存最早的电影海报之一。"当时我只有七八岁……父亲搞电影主要是为了掩护地下活动，借着电影公司来来往往的人多，便于开展工作。"在《关于电影〈燕山侠隐〉的回忆》中，钱江这样写道。

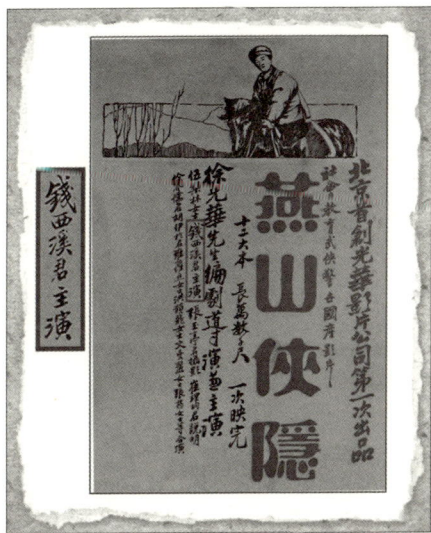

1926 年电影《燕山侠隐》海报，这部电影由钱壮飞投资并主演

有关钱壮飞的记忆，钱江还曾这样告诉儿子钱泓："一天早晨，父亲含着眼泪，抚摸着我的头，问我'你会做饭吗？'我说'不会做饭，只会煮面条'，没想到，这便是父子诀别，生死的诀别。"

12岁的钱江在街头流浪好几个月才和家人团聚。他曾埋怨过自己的父亲吗？面对这一提问，钱泓回答："从来没有。我父亲临终前还对我说'你爷爷没死'，我奶奶也一直认为，我爷爷一定是到了另外一个地方，干着更重要的情报工作。"

的确，越挖掘钱壮飞烈士的故事，越觉得传奇。与此同时，我们又深深感受到钱壮飞烈士的才华从来都不是他用来追求功名利禄的手段，而是他为信仰战斗的武器，是对党无限忠诚的表达。

2009年，钱壮飞入选"100位为新中国成立作出突出贡献的英雄模范人物"。

延伸阅读

恽代英遇害也因顾顺章

顾顺章被称为"中共历史上最危险的叛徒"。他叛变后，许多武汉方面的中共联络员遭到捕杀。当时，中共早期青年运动领导人之一的恽代英被关押在南京，化名王作霖，国民党方面并不知道他的真实身份，而中共方面的营救也有望成功。恰在此时，顾顺章到了南京，立刻将其供出，恽代英旋即遭到杀害。

1935年，顾顺章叛变四年后，被国民党秘密处死于苏州监狱。

扫码观看微纪录片
《"钱"伏，在敌特心脏》

刘老庄

八十二壮士

八十二壮士喋血刘老庄

英雄人物

1943年3月18日，新四军第三师七旅十九团二营四连在淮阴以北刘老庄遭到千余名日伪军的包围。全连82名指战员顽强阻击敌人，血战终日，毙伤日伪军170多人，最后全部壮烈殉国，朱德高度赞扬了刘老庄战斗，称其为"我军指战员的英雄主义的最高表现"。

影视经典

《刘老庄八十二壮士》由八一电影制片厂和中央电视台电影频道联合出品，该片由杨虎执导，赵毅、刘鉴、白雨等人主演。影片由历史真实事件改编而成，为纪念历史而重现了全面抗战时期，发生在江苏省淮安市淮阴区刘老庄乡，新四军八十二位英雄为保卫家园而英勇牺牲的动人故事。

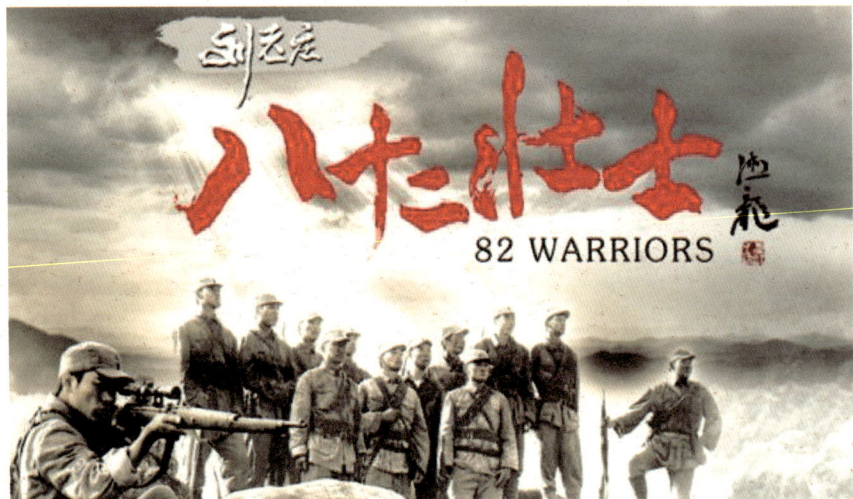

《刘老庄八十二壮士》电影海报

丰碑往事

　　兵力悬殊，这是怎样的一场战斗？1943年，新四军第三师七旅十九团二营四连82位战士为掩护军民安全转移，与日军殊死血战，全部壮烈牺牲。这支英雄的连队后来被命名为"刘老庄连"，一个英雄的番号正式诞生。一场战斗全连牺牲，以一个村庄的名字来命名一个连队，这在我军历史上并不多见。"红色丰碑"行动组走进淮安市淮阴区刘老庄这片热土，回溯82位烈士以鲜血和生命完成的壮举。

> 悲壮！
> 全连 82 人全部壮烈牺牲

　　淮安新四军刘老庄连纪念园内，松柏环翠，肃穆沉静。远远望去，烈士纪念碑犹如两支架立的钢枪直刺蓝天。纪念碑高19.43米，代表着1943年这片土地上发生的那场著名的战斗。

　　原淮阴县常务副县长周明成向行动组讲述起四连英勇战斗的往事。他的父亲周文忠、伯父周文科参与收殓烈士遗骸，经常向他述说当年的震撼场景。

　　1943年，日伪军在苏北淮海抗日根据地"扫荡"。新四军第三师七旅十九团以连排为单位，分头活动，穿插在敌占区，寻机歼敌。3月18日子夜，十九团二营四连、六连经过两三天高强度的战斗、转移、奔袭，来到刘老庄休整。然而，他们遭遇了日军驻苏北的第十七师团。

向刘老庄方向进犯的日军有1000余人，还携带着100多门大小炮械。二营营长带领六连，立即向东迁回，抢时间跳出包围圈，同时传令，要求四连迅速跟上转移。四连连长白思才、指导员李云鹏向上级请示：稍作阻击，掩护地方机关群众，随后转移。

白思才和李云鹏决定在庄南阻击日军。经过近20分钟的伏击战后，四连决定撤退到庄北的交通沟。可当日军从四面包抄过来，他们发现：前面没路了，交通沟"断头"了。

四连指导员李云鹏

这里成为他们最后的战场。日伪军集中火力对四连进行了毁灭性炮击，并以大队骑兵实施冲击。四连战士们连续打退日伪军5次进攻，毙伤日伪军百余人。苦战至黄昏，连长白思才传令：所有轻伤员除了随身携带的步枪与刺刀外，子弹全部集中起来供重机枪使用，其余轻机枪与步枪一律拆毁，就地掩埋。

从拂晓到黄昏，这是一场惨烈得难以用语言叙说的战斗。此战共击毙日伪军170余人，伤200余人，四连的82位勇士则全部壮烈殉国。

激战过后，李广涛、周文科、周文忠等人进入战区，看到战士牺牲的场景，泣不成声。据周文忠回忆，他在收殓烈士遗骸时，发现一名战士还有微弱的呼吸。这名战士身负重伤，血肉模糊，醒来后，还用微弱的声音呼喊着：

杀！杀！杀！他断断续续地讲述了战斗的经过，因伤势过重，第二天离世。

不少战士是和敌人抱在一起死的，其中有两位战士实在跟敌人分不开了，当地百姓不得不将他们和敌人一起掩埋。

朱德在《八路军新四军的英雄主义》一文中高度赞扬了"淮北刘老庄战斗"，称其为"我军指战员的英雄主义的最高表现"。战后，新四军第三师七旅重新组建四连，将其命名为"刘老庄连"。

为什么要打？
日方史料还原战斗细节

刘老庄的这场遭遇战，四连本可选择不打。

此前，新四军曾缴获日军的《一九四三年春季"扫荡"盐阜区二〇号作战计划》，已经做好反"扫荡"斗争准备。而且，四连也接到了上级转移的命令，让他们抢时间跳出日军包围圈。

本可撤退却为何要打？江苏省新四军和华中抗日根据地研究会会员、抗战史学者胡卓然说：南六塘河和北六塘河之间的"夹滩"是一个天然的缓冲地带，任凭敌人从哪一边来，敌后军民都可以跨过另一条河，就能隔河对峙，凭借河堤阻击敌人。此前，日军没有及时封锁南六塘河畔的渡口，军民一举冲出包围圈，让日军扑了个空。这一次，日军妄图占领古寨一带渡口，从南侧完全封锁河岸。

而刘老庄正是日军占领渡口的必经之地。如果日军未遇抵抗通过这里，将会在半个多小时之后到达南六塘河岸边，这便会把夹滩之间的敌后军民置于绝地。在这种紧急情况下，已收到转移命令的四连，毅然决然担负起掩护群众撤退的任务。

这是一场敌我力量悬殊的战斗。第十七师团五十四联队是刘老庄战斗的日军进攻部队，日方《步兵第五十四联队史》曾记载，日军部署的重火力部队有联队的野炮中队、机关枪中队和大队的步兵炮小队。他们让名叫"申得瑞"的汉奸翻译出来喊话说："抵抗是没有意义的事""把武器扔出壕沟外的人将受到优待。"四连的回答是一排排飞出的子弹。

最终，战士们以鲜血和生命换取了淮阴、沭阳敌后军民的安全转移。

生前两封家书，铁血男儿也有柔情一面

"如家音回报，可惜我也不能等收了，我已离开此地转入本省淮阴了……待风息波静，凯然而归，全家团聚，以报此恩。"四连指导员李云鹏是江苏沛县人，牺牲时年仅23岁，也是八十二烈士中唯一留下家书的人。随部队转战至淮阴刘老庄时，他在写给父母的信中询问祖母的身体状况，也是在这封家书里，他告诉父母，他已将自己原先的名字"李亚光"改为"李云鹏"。

待风息波静，凯然而归，全家团聚，以报此恩。

李云鹏的第一封家书

收到这封家书后，父亲李梦祥回信，告诉他祖母已去世。李云鹏很快回信一封，言语中满是对祖母的愧疚。

李云鹏的第二封家书

直到李云鹏牺牲一年后，身在徐州沛县老家的李梦祥收到表兄弟孙一涛的信，方才得知儿子已牺牲在淮阴刘老庄。在信中，孙一涛详细描述当地群众自发祭扫时的情景："祭者有千余人，莫不悲伤涕零。同时每人携土一筐，修筑坟墓。……在淮阴地，只要提到他们，男女老少无人不知。"

得知李云鹏与他的战友全部壮烈牺牲，教了42年书的李梦祥做了一个决定：将二儿子改名李云昭，后面所生的子女名字中也都有"云"字，女儿名为李爱云，名字寓意要一辈子爱着哥哥李云鹏。

李云鹏牺牲时，李爱云还没有出生。但她从小就知道自己有个为国捐躯的英雄哥哥。父亲只要给他们念《征途纪实》中的"刘老庄战役"的故事，就会指着房梁上的风筝告诉他们："这个风筝是你们的哥哥李云鹏亲手扎的。"后来，挂在房梁上的风筝烂了，李梦祥又将风筝线悉心保存。

指导员的妹妹：
在牺牲地陪着 82 位哥哥一辈子

1967年3月18日，是李云鹏与战友牺牲24年的日子。21岁的李爱云刚刚高中毕业，第一次跟着父亲来到刘老庄祭扫。她被眼前的情景深深震撼。老百姓从四面八方赶来，手里拿着亲手做的小白花。也就是那时她才知道：当地政府与老百姓为了纪念这82位勇士，在刘老庄中学专门设立

刘老庄八十二烈士陵园

云鹏班；哥哥们牺牲后，邻近的群众，不断从四面八方赶来，扛来门板，拖来芦苇席，拿来土布，含着热泪，郑重收殓了烈士们残缺的遗骸。有位老人哽咽着说，这些孩子们大多数来自北方，生前他们回不了家乡了，就把他们朝北摆放，让他们的英灵能够早日回到家乡。

看着年迈的父母出行不便，在第一次到刘老庄八十二烈士陵园祭扫完哥哥与他的战友们后，李爱云萌生了一个想法：到哥哥牺牲地插队。

1969年，父亲将23岁的李爱云送到淮阴县刘老庄插队落户。刚插队不久，南京军区政治部发函给淮阴县征兵办，要特招她入伍，被她谢绝。第二年，组织又安排李爱云到复旦大学上学，她又一次拒绝，把机会让给了看守烈士陵园的工人子女。李爱云结婚前，徐州市政府来人要调她回徐州市政府上班，仍被其谢绝。

这一来，就是一辈子。如今，除了祭扫哥哥们的陵墓，70多岁的李爱云仍义务承担着为参观者宣讲刘老庄八十二烈士事迹的工作。李爱云说，在她心里，她早已把82位勇士都当成自己的哥哥，与他们当初抗击侵略者、保家卫国的誓言一样，她这一辈子也践行着自己当初的诺言：陪82位哥哥一辈子，为82位哥哥守灵一辈子。

在庆祝中国人民解放军建军90周年大会上，习近平盛赞"刘老庄连"，称他们和"狼牙山五壮士"、董存瑞、黄继光等一样，都"用生命诠释了一往无前的英雄气概"。

八十二烈士是淮安人民的骄傲，然而大部分烈士连姓名都没有留下。2011年，淮安军地启动"只为烈士不再无名"大型寻访活动。据参与寻访的淮安日报社记者周洋介绍，寻访组历时9个月，行程3万里，走访烈士们曾经战斗过的地方，结合查阅档案资料，寻找到40多条烈士相关线索。经党史专家认证，最终确定9位烈士姓名。此外，李云鹏、孙尊明、王步珠等烈士的事迹也得到了进一步丰富。

将英雄铭刻在人们温暖的记忆里，不仅是对烈士、历史的缅怀与纪念，也是淮安这座城市的责任和使命。

扫码观看微纪录片
《八十二壮士喋血刘老庄》

我们的法兰西岁月

江苏省委首任书记陈延年：
只有站着死，绝不下跪！

英雄人物

陈延年（1898—1927），安徽怀宁（安庆）人。中共江苏省委首任书记。1924年10月任中共广东区委书记，1927年4月任中共江浙区委代理书记，在中共五大上当选为中央委员、中央政治局候补委员，同年6月任中共江苏省委书记。1927年6月26日被捕，7月4日壮烈牺牲。

影视经典

电视剧《我们的法兰西岁月》讲述了在20世纪初留法勤工俭学运动的时代背景下，青年时期的周恩来、邓小平、蔡和森、陈延年、赵世炎等革命先驱，在法国艰辛寻求救国之道的故事。四一二反革命政变后，陈延年、赵世炎先后担任中共江苏省委书记，均不幸被捕，英勇就义。

《我们的法兰西岁月》电视剧海报

丰碑往事

　　1927年6月，一位杂役打扮、肤色黝黑的年轻人，被囚车押送进上海龙华国民党淞沪警备司令部看守所。让人很难想到的是，这个两条裤腿往上翻、自称"茶房"的人，便是陈独秀长子、中共早期领导人陈延年，几天前他刚刚被任命为中共江苏省委首任书记。

　　被捕后的第9天晚上，陈延年被敌人秘密押赴刑场。行刑前，刽子手喝令他跪下，他高声回应：革命者光明磊落，只有站着死，绝不下跪！这究竟是怎样的视死如归！江苏省委旧址又为什么会在上海？"红色丰碑"行动组怀着崇敬的心情前往安徽安庆、上海两地进行了采访。

> 白色恐怖笼罩下，
> 他坚持前往上海

　　1927年4月，中共中央政治局在武汉召开会议，决定派陈延年、李立三、聂荣臻等人赶赴上海，组织一个特务委员会。

　　陈延年接受中央委托后，从武汉动身去上海，途经南京时，他获悉蒋介石在上海发动了四一二反革命政变，公开屠杀共产党人和革命群众。白色恐怖愈发浓重，他仍毅

陈延年

然赶赴上海。

"为了他的初心，朝闻道夕可死，他已经把自己的生命置之度外了。这就是共产党人的一种英雄气概。"中共安庆市委党史和地方志研究室工作人员、"陈延年陈乔年革命事迹展"策展人方庆寨说。

李立三、罗亦农离开上海去武汉参加党的五大，陈延年则留在上海接任中共江浙区委书记。由于蒋介石在江浙和上海地区疯狂"清党"，大批共产党员惨遭杀害，陈延年和赵世炎等冒着生命危险，为迅速恢复被破坏的党和工会组织而奔忙。方庆寨感慨道："可以说，陈延年是临危受命。"

初心不变！
他们是志同道合的战友

赵世炎是陈延年的亲密战友。这段时期，陈延年一直借住在赵世炎的家里。他们情同手足的友谊，始于早年留法勤工俭学的日子。

1915年，陈独秀在上海创办《青年杂志》，随后陈延年与弟弟陈乔年离开安庆，前往上海学习。1916年9月，《青年杂志》更名为《新青年》。兄弟俩曾一度寄宿于《新青年》发行所。白天在外工作谋生自给，食则大炊饼、饮则自来水，生活异常艰苦，但陈延年早已立志，要"自创前程"。

其间，陈延年结识了无政府主义者吴稚晖等人。吴稚晖对陈氏兄弟颇为器重，介绍二人赴法留学。正是因这次留洋，陈延年思想发生了变化，最终与吴稚晖分道扬镳，彻底脱离无政府主义。

1922年，周恩来、陈延年、赵世炎等一起创立旅欧共产主义组织——中国少年共产党。同年秋，经法共党员胡志明介绍，陈延年、赵世炎、王若飞、陈乔年等人加入法国共产党，后转为中共党员。

从此，陈延年找到了真正志同道合的同志。

江苏省委机关旧址，为何会在上海？

上海虹口区山阴路恒丰里90号，坐落着一幢典型海派风格的石库门房子，红砖墙，两扇黑色的门，这幢普通的房子背后有一段可歌可泣的红色历史——这里是中共江苏省委旧址。

1921年11月，中共上海地委成立。1922年7月，中共上海地委改组为中共上海地方兼区执行委员会，领导上海和江苏、浙江地区党的工作。区委先后派出党员到江浙地区开展工农运动，发展党员，建立组织。1925年8月，中共中央决定将中共上海地方执行委员会改组为中共江浙区委，仍然领导上海和江苏、浙江等地党的活动。

1927年四一二反革命政变后，江浙地区中共党组织大部分遭受重创。为适应恶劣形势，中央决定撤销江浙区委，分别成立江苏省委和浙江省委，由江苏省委兼上海市

中共江苏省委机关旧址

委。1927年6月上旬，江苏省委成立，陈延年任书记。省委机关在上海北四川路恒丰里104号，即现在的恒丰里90号。

生活朴素，
被捕时一副伙夫打扮

　　1927年6月26日上午，江苏省委在上海召开干部会议。会议正进行时，有人报告，有一交通员被捕，此人知道江苏省委机关地址。会议旋即结束，众人散去。下午，陈延年等因担心省委机关安全，返回探视。不料，他们刚抵达不到半小时，便被反动军警逮捕。

赵世炎妻子夏之栩曾撰文回忆，陈延年"提包里只有几件旧衣服"，每天埋头工作，对自己生活上的事情从不考虑。也正因为生活上过于简朴，皮肤黝黑的他被捕入狱时化名"陈友生"，自称是帮忙的"茶房"，敌人也就信了。方庆寨说："在国民党官兵的心里，这样一位底层伙夫怎么可能是当官的！但恰恰这人，还是中共的省委书记，一位高级领导人。"

敌人用尽酷刑，企图逼迫陈延年供出在上海的党组织，但陈延年以钢铁般的意志宁死不屈。

傲然挺立，被乱刀砍死

7月的一个下午，淫雨霏霏。上海龙华烈士陵园草木葱郁，陈延年、陈乔年墓就在此地。

"1927年7月4日，陈延年被捕后的第9天晚上，敌人将他秘密押赴刑场。"上海龙华烈士纪念馆讲解员黄梦荻这样讲述陈延年行刑时的一幕：刽子手喝令他跪下，陈延年傲然挺立，恼羞成怒的敌人将他强按在地，乱刀砍死，陈延年牺牲时年仅29岁。

江苏省委成立半年多，就遭受了三次大破坏。陈延年被捕后，赵世炎代理省委书记一职；没过几日，赵世炎由于叛徒出卖不幸被捕，壮烈牺牲。1928年2月，江苏省委再遭破坏，陈延年胞弟、时任省委组织部部长的陈乔年在上海龙华的枫林桥畔英勇就义，年仅26岁。

陈延年曾说："我们的党不是从天上掉下来的，也不是从地上生出来的，更不是从海外飞来的，而是在长期不断的革命斗争中，从困苦艰难的革命斗争中生长出来的，强大出来的。"

烈士们的鲜血没有白流，他们不屈不挠的革命斗争精神，鼓舞了一代又一代的共产党人。

壮烈的牺牲里始有壮美的中华！

延伸阅读

他曾领导省港大罢工，协助筹建"叶挺独立团"

由于国内革命工作的需要，陈延年于1924年回国。不久，他接替周恩来担任中共广东区委书记。长期研究陈延年的专家孙其明说，为了做好工作、接近群众，他还曾拉过黄包车。

在陈延年的组织和领导下，不到两年时间里，广东地区的党员从原有的几百人增加到5000多人，党员人数占当时全国党员总数的38%左右，党的各级组织遍布广东全省、广西和闽南的重要地区，陈延年因此被称为"开疆辟土的拖拉机"。

1925年6月，震惊中外的省港大罢工爆发。陈延年等负责发动广州洋务工人罢工；同年11月，协助周恩来从黄埔军校毕业生中抽调一批共产党员和共青团员为骨干，建立了著名的"叶挺独立团"。

毛泽东曾评价陈延年是"党内不可多得的人才"。

周恩来对陈延年的工作给予高度肯定，他说："广东的党团结得很好，党内生活也搞得好，延年在这方面的贡献是很大的。"

董必武称赞："延年是党内不可多得的政治家。"

扫码观看微纪录片
《站着死，不跪！》

铁道游击队

微山湖畔"铁"骨铮铮，
江苏大地再建功勋

影视经典

　　电影《铁道游击队》根据刘知侠同名小说改编，由上海电影制片厂出品，曹会渠、秦怡、陈述等主演，于1956年上映。电影讲述了抗日战争时期山东临城（今枣庄市薛城区）的一支由中国共产党领导的抗日武装力量的故事，他们活跃于津浦铁路线上，运用游击战术，打击日本侵略者。

《铁道游击队》电影海报

丰碑往事

"西边的太阳快要落山了，微山湖上静悄悄，弹起我心爱的土琵琶，唱起那动人的歌谣……"1956年电影《铁道游击队》和这首充满了革命浪漫主义的主题曲，让所有中国人都知道了微山湖畔、津浦线上有一支英雄的铁道游击队。

但鲜为人知的是，抗战胜利后，江苏大地见证与延续了"铁道游击队"的光辉传统：昔日的队员们先后参加了淮海战役、三浦战役和解放南京的战斗。

> "刘洪是谁"：鲁南铁道大队两任大队长
> 洪振海、刘金山"合二为一"

在1956年版《铁道游击队》的演职员表中，观众会在"军事顾问"一栏看到"刘金山"这个名字。他就是影片男一号、家喻户晓的铁道游击队大队长"刘洪"的主要原型之一。

刘金山

刘金山1915年出生在枣庄，年幼时父母双亡，与奶奶相依为命。在枣庄这个曾经的煤炭主产地，他下过矿井、拉过煤，在铁路线上做过小工，给火车上机油。1938年，刘金山加入了当地抗日队伍。

"铁道游击队"的原型是八路军第115师苏鲁支队下辖的鲁南铁道大队，成立于1940年1月。同年，刘金山和首任大队长洪振海结识，加入铁道大队。最初他是洪振海身边的通信员，由于作战勇敢又爱动脑子，很快就被任命为中队长。1941年底，洪振海在战斗中牺牲，刘金山担任第二任大队长直至抗战胜利。刘知侠创作《铁道游击队》小说时将两任队长的姓合在一起，塑造了主人公"刘洪"。

从微山湖到长江

一顶帽子骗"鬼子"中计

影片开头，刘洪率领队员突袭临城火车站中的日本洋行，除掉了山口司令，极大打击了日寇的嚣张气焰。这一情节直接取材于刘金山的"成名之战"，而且历史上的战果更大。

"当时为了对付铁道大队，日寇专门组建了'特务队'，特务头子高岗茂一就盘踞在临城站的洋行里。"刘金山之子刘宁说，为了准确"斩首"，父亲几次化装成铁路工人，潜入车站，摸清了高岗茂一的位置。行动当晚，刘金山和另外两名队员身着伪军制服，再度进入车站。

"哐"的一声，刘金山直接踹开大门。高岗茂一正伏在桌上写字，抬头望向门口的同时，脑门已被刘金山的子弹贯穿。一旁趴在桌上睡觉的特务头子石川，也被刘金山击毙。电光石火之间，两名日军首领毙命。此时身后的队友击伤了一名从里屋探头张望的日军，又甩了两颗手榴弹

刘金山击毙高岗茂一时用的枪（枣庄铁道游击队纪念馆展陈）

进去。巨大的爆炸声后，敌人没了动静。临走前，他们摘下头上的伪军军帽扔在洋行门口。"这顶军帽后来误导了从济南来的日军调查团，让他们断定'击毙高岗'是附近伪军所为，因此迅速将该伪军驻地包围、缴械，全团调走，团长等军官被枪毙，整整1000人没了，日伪力量大幅削弱。"

刘宁说："父亲射击全凭手感，从来不是'三点一线'地瞄准，而是抬手的同时扣动扳机。20世纪60年代，他到南通海防团训练时还保留这种方式，出枪总是比别人快一步。"

1941年底，铁道大队大队长洪振海牺牲，副大队长又在养伤无法指挥作战，队员们推举刘金山担任代理大队长。翌年，鲁南军区正式任命刘金山为铁道大队大队长。1945年底，他带领铁道大队在枣庄沙沟，迫使上千人的日军铁道警备大队和铁甲列车大队缴械投降。这场"沙沟受降"成为铁道大队战斗史上的高光时刻。

改编为解放军后首战淮海

抗日战争胜利后，鲁南铁道大队一度集体转业。解放战争打响后又重建，此后番号几经改变，但刘金山一直和昔日的队员们并肩战斗。鲁南铁道大队重建后不久就被改编为鲁南军区特务团，1948年7月被编入鲁中南纵队第47师139团，刘金山任副团长。

11月6日，淮海战役开始。刘金山所在团圆满完成了淮海战役"揭幕战"——攻克郯城的任务。此后又先后参加了包围邱清泉兵团，围歼黄维兵团，追击、封锁杜聿明集团的战斗，直至淮海战役胜利。

打响解放南京第一战

1949年2月，第47师139团被改编为中国人民解放军第35军103师307团，刘金山继续担任负责指挥作战的副团长。渡江战役中，307团担任三浦战役主攻任务，打响了解放南京的第一战。

据史料记载，4月20日晚9点后，307团向江浦县城发起了进攻。副团长刘金山就在阵地最前沿指挥解放江浦的战斗，且曾亲自指挥主攻营进行火力掩护。307团主攻连7次进攻江浦县城都未成功，140多人仅剩16人，始终浴血奋战，誓死不下火线，最终最先攻进江浦城。指挥主攻连的副营长孟庆有曾是铁道大队的老队员，淮海战役中一条胳膊负伤致残，毅然冲到江浦县城墙脚下，扶起云梯带领突击队登城墙。这次战斗中，他的另一只胳膊也负伤致残了。

21日早晨6点，江浦县城解放。顾不上休息，刘金山带着部队继续向浦口方向追击。"除了枪支弹药其他辎重都

不要，一路狂奔，有的连队一半战士都掉队了。"刘金山带着307团最终跑到了浦口火车站——他和队员们当年抗日杀敌的津浦线的最南端。

渡江后，刘金山根据部署驻扎在南京鼓楼区颐和路一带的使馆区，不久随部队继续南下，参加浙东剿匪，又经历了解放洞头岛等几场血战。

刘宁介绍，1953年下半年刘金山奉命去朝鲜战场实地学习，归来后参与了电影《铁道游击队》的拍摄，此后又先后担任江苏省军区南通军分区副司令员、苏州军分区司令员、苏州地区革委会主任和苏州专区地委书记等职务，直至1981年离休。1996年，刘金山去世，安葬于铁道游击队纪念碑旁。纪念碑位于山东枣庄薛城区，正是当年微山湖畔那个"临城"。

幕后故事

> "刘洪"骑马追火车，
> 驾驶火车的正是刘金山

《铁道游击队》电影里最紧张刺激的一幕莫过于影片尾声，大队长刘洪为了营救芳林嫂，骑马狂奔追逐火车，最后超过车头，横穿铁轨而过。由于饰演刘洪的演员曹会渠刚学会骑马，在剧组担任军事顾问的刘金山亲自驾驶火

站在火车头前面的两个"刘洪"：左为"刘洪"主要原型——鲁南铁道大队大队长刘金山，右为影片中饰演刘洪的演员曹会渠

车控制车速，最后拍摄成功，既演出了惊心动魄的场面，又确保了拍摄安全。

电影《铁道游击队》的编剧就是原著小说作者刘知侠，正是他建议邀请刘金山担任电影军事顾问。而且刘金山在影片中还亲自上阵，给曹会渠当了一回替身演员。在影片开场一段"刘洪扒火车"的戏中，细心的观众可以看出，追着火车扒上去的镜头中，"刘洪"好像胖了一点，其实扒火车的人就是刘金山。

"刘洪骑马追火车"在南京拍摄，"静悄悄的微山湖"是无锡太湖

1956年电影《铁道游击队》开拍，但因为枣庄铁道线太繁忙，而微山湖又太辽阔，电影实际上是在江苏无锡、南京以及上海江湾铁道线拍摄，其中以无锡境内的太湖代替了微山湖来取景。电影中岗村饰演者陈述发表在《大众电影》1956年第17期的文章《〈铁道游击队〉在无锡》中写道，太湖的地理环境很适宜拍摄微山湖的场面，拍摄地点位于太湖畔的无锡闾江，当地村民很多都作为群众演员参加了拍摄。

同样是陈述了在《〈铁道游击队〉拍外景时的惊险镜头》一文中，他还介绍了"刘洪骑马追火车"等铁路上的"动作戏"，是当年9月初在南京拍摄的。当时南京连续下雨，大家都在等晴天。有一天凌晨满天星光，整个剧组就吹哨子起床开始准备，直至"太阳从紫金山背后升了起来"。

刘金山正式"上学"，还是解放后在南京"军人俱乐部"

1995年电影《飞虎队》有这样一个情节：大队长"老洪"因为不识字，把义和炭场门口的对联说反了。这其实也是基于史实。"父亲从小没有上过学，当了大队长后，是政委每天教他认10个字，后来命令基本能看懂了。"刘宁说，刘金山从朝鲜归来后，先到了南京，在解放军第十七文化速成中学，快40岁了，才得以系统学习文化知识。该校校址就位于今天南京山西路的军人俱乐部。刘宁就是刘金山在南京学习时出生的，因此得名"宁"。

刘大队长还是"厨艺"高手，手工鱼丸、花生糖堪称"一绝"

从枪林弹雨中走出的战斗英雄刘金山，也有"居家暖男"的一面。刘宁说，父亲还有一个"绝活"，恐怕所有关于"铁道游击队"的影视作品都不会表现——刘大队长做的手工鱼丸、手切花生糖味道一绝。"鱼丸口感紧致、弹性十足；花生糖每年过年时父亲都要亲手做，拿来待客。他切花生糖手都切出老茧了，来拜年的战友们吃了都说好。"

刘宁还说道："父亲能有这个手艺，主要是他的童年生活太苦。6岁妈妈去世、8岁爸爸去世，跟着奶奶到处逃难，到人家里烧火干活，晚上就睡在人家厨房的炉灶边取暖。做鱼丸、花生糖的手艺，是他在人家炉灶旁干活看会的。"

爱喝酒但有一副好身板，还曾"客串"南通市篮球队队员

刘宁印象中的父亲，生活非常简朴，对吃穿不讲究，唯独爱喝酒。"就像电影里，队员们以'义和炭场'为掩护，平日里一边喝酒一边讨论作战计划。父亲也是，几颗花生米就能喝一顿酒。"刘宁说，有一次父亲的卫生员还告诉他，"你爸爸当时打仗没有酒喝，我就用酒精兑水给他喝。"

在铁道线上战斗多年，经常需要扒火车、跳火车，需要一副好身板，刘金山也终身保持了爱锻炼的好习惯。"在南通军分区工作时，他还'客串'过南通市篮球队队员和江苏省队比赛。像小伙子一样满场飞奔。到了晚年，父亲的石锁依然玩得很漂亮。"

扫码观看微纪录片
《铁道英雄 打响解放南京"第一战"》

永不消逝的电波

电波

王诤将军：通信工作的"开山鼻祖"

英雄人物

王诤（1909—1978），江苏武进人。1930年参加中国工农红军。1934年加入中国共产党。参加创建中央苏区和人民军队无线电通信事业，创设解放区第一个广播电台，培养了一大批通信技术人才，被毛泽东赞誉为我军通信工作的"开山鼻祖"。1955年被授予中将军衔，获一级八一勋章、一级独立自由勋章、一级解放勋章。

影视经典

《永不消逝的电波》是由八一电影制片厂摄制、王苹执导的剧情片，孙道临、袁霞主演。该片讲述了中共党员李侠潜伏敌占区，重建电台，与敌周旋，用红色电波传递珍贵情报，最后为革命事业献出生命的故事。

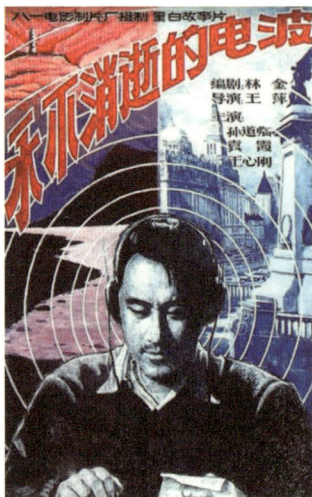

《永不消逝的电波》电影海报

丰碑往事

"同志们，永别了，我想念你们！"这句经典台词曾感动了无数观众。1958年，随着电影《永不消逝的电波》上映，影片主人公李侠成为万千观众心目中的英雄。主人公李侠的原型是李白烈士，而李白的领导及老师便是开国中将王诤，正是他派李白去上海"潜伏"。影片的结尾，李侠发出的那封"同志们，永别了"的电报，接收人也正是王诤将军的夫人秦岩。

红军的"千里眼、顺风耳"

1909年5月16日，王诤，原名吴人鉴，出生于江苏省武进县一个普通农家。17岁那年，他以优异的成绩从苏州工业专科学校毕业，随后考入黄埔军校第六期通信科。毕业

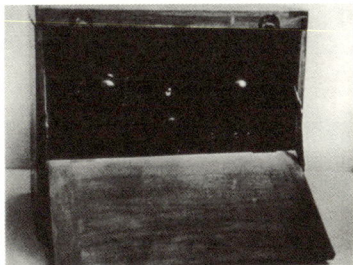

红军第一部电台

后，成为国民党军第九师的一员，担任师部电台报务员。戎马生涯中，他一直潜心研究无线电技术。

1930年，他决定参加工农红军，将名字改成了王诤。在反"围剿"中缴获了一批国民党的电台设备，部队中又有了王诤这样的电讯技术人才，中央军委电讯队便在瑞金诞生了，毛泽东、朱德亲自任命王诤为队长。在王诤的带领下，电讯队迅速承担起情报截获、传递的任务。

"第五路军水土不服，官兵生病达千余人，且不时有士兵开小差，已就地正法三人……为免遭红军突袭，请示向富川公秉藩部靠拢，成犄角之势，请急调工兵部队修桥铺路，以利于军队移动……"1931年5月，第二次反"围剿"过程中，王诤截获了重要情报。

原来，当时蒋介石调集18个师约20万兵力，兵分四路，向中央苏区发动进攻。这20万大军中，以蔡廷锴、蒋光鼐的第19路军、孙连仲的第26路军、朱绍良的第8路军战斗力较强，而王金钰的第5路军从河北开到江西，人生地不熟，水

土不服，士气不高，其左翼的郭华宗师、郝梦龄师也存在类似情况。第5路军王金钰致"剿匪"总司令何应钦的急电被王诤截获后，他立即向军委首长进行了汇报。毛泽东、朱德等当机立断，调集红一军团、红五军团5个师2万余人连夜急行军，向东包围了富川，只留几个团与孙连仲部对峙，作为牵制。红军发动了猛攻，指战员士气高昂，人人向前冲杀，敌军抵挡不住，全线溃败。5月16日至30日，红军行军350多公里，共打了35次仗，仗仗取胜。此役之后，毛泽东称赞王诤是工农红军的"千里眼、顺风耳"。

| 永不消逝的电波 |

第三次反"围剿"结束后，从国民党军缴获的6部电台不仅保证了部队之间的联络，也让苏区、白区之间的空中联系成为可能。《永不消逝的电波》里的故事也就此拉开帷幕。

经上级批准，王诤开设无线电训练班，红四军通信连战士李白成了他的学员、下属。1937年八一三事变后，李白被派往上海开展情报工作。

在上海工作的11年里，李白化名李侠、李静安，从事党的秘密工作，保持了上海地下党组织与延安的电讯联系，用电台及时向党中央传递了许多重要军政情报。1948年12月29日深夜，李白将一份国民党军绝密江防计划发送给延安，这份情报对于取得渡江战役胜利具有重要的战略意义。就在这时，特务突然冲了进来。即将被捕的李白通过电台连续发送了三个"再见"，西柏坡那头，负责接收工作的正是王诤的夫人。

1949年5月7日，李白惨遭国民党当局秘密杀害，时年39岁。20天后，上海迎来解放。

| 工作到生命最后一刻 |

新中国成立后，王诤任中央军委通信部部长。1951年，抗美援朝决战阶段，美军B-29轰炸机使用电磁波干扰，志愿军警戒雷达无法发现敌机，不能引导空军升空作战，形势十分严峻。接到军委命令后，王诤带着清华大学电机工程系毕业生张履谦等连夜乘坐火车赶往朝鲜前线。在隆隆的炮火中，直接赶到一个雷达站，和雷达技师一起观察雷达被干扰现象，分析研究对策。这次经历让王诤意识到，雷达的干扰与抗干扰在未来战争中将发挥更大作用，中国在这方面不能落后。我国电子对抗事业由此起步。

1955年，中国人民解放军首次授衔，王诤被授予中将军衔，并荣获一级八一勋章、一级独立自由勋章、一级解放勋章。1972年6月，王诤受叶剑英委托，带领应用、科研和生产三方面人员赴广西、中越边境地区、海南岛和南海舰队考察我军雷达抗干扰情况。同年7月31日，中共中央、国务院任命王诤为第四机械工业部部长、党组书记。

1973年春节刚过，王诤就带领四机部有关技术人员来到当年电子工业实力最雄厚的江苏省，进行了为期49天的深入调查研究。经过两年多的努力，我国第一座模拟式10

米天线的卫星通信地球站在南京总装调试成功。

1977年4月，王诤出任解放军副总参谋长、总参四部部长，主持我军电子对抗工作。与此同时，一纸"左肾恶性肿瘤"的"宣判书"同时摆放在王诤的面前，但他仍以顽强的毅力坚持工作。1978年初，总参第四部在武汉组织电子对抗演习，王诤在医生的陪伴下，带着氧气袋现场指挥。一天下来，他累得呼吸困难，疲惫不堪。尽管如此，第二天王诤仍坚持到现场作演习总结报告。叶剑英请著名画家李苦禅画了一只雄鹰图送给王诤，在画上亲笔题写了"英雄老去心犹壮，独立苍茫有所思"。1978年8月13日，王诤将军病逝于北京，时任中共中央副主席李先念亲笔为王诤题词："半部电台起家，一生征战为民。"

王诤生命的最后时光，儿子王苏民一直陪伴在他的身旁。"如果说父亲给我们留下了什么遗产的话，那就是他的铮铮铁骨！"王苏民感慨地说："父亲用自己的言行留给了我巨大的精神财富，真正体现了生命不息，工作不止。"

英雄传承

| 家乡人都以王诤为荣 |

王诤自1928年离开家乡，一直到1949年才和家里人联系上，当时家里人都以为他已经在战争中牺牲了。

"父亲一直很思念家乡，但是太忙又怕叨扰了地方，所以一直没有回去。"王苏民向行动组讲述道："父亲自

1928年离开家乡，直到1978年去世，没有回过武进老家的那个村庄。只在1950年，因接管华东电子系统，在离老家不远的无锡见了我爷爷一面。"

但家乡人一直没有忘记王诤。

王诤故居位于常州市武进区洛阳镇戴溪天井桥垅锡澄河畔南岸的杨巷村，为前后三进清式农舍院落。洛阳镇戴溪天井村党支部书记高阳说，2008年重建王诤故居之后，附近的村民对英雄事迹了解得更加深入，大家都觉得村里出了王诤是莫大的光荣。

常州王诤研究会秘书长陆汉伟对王诤十分敬佩，为家乡出了这样一位开国中将感到自豪。他说："常州电子工业的发展和王诤的关心密不可分，王诤一共回常州三次，每一次都是因为电子事业，所以我们在常州的国光1937科技文化创意园内，建造了王诤将军纪念馆。""王诤的一生可以用四句话概括：跟党走，他忠贞追随；开新路，他冲锋在前；守本色，他朴素清廉；当公仆，他鞠躬尽瘁。"

戴溪小学是王诤家乡的小学，徐老师说："作为省'王诤中队'的学校，戴溪的孩子们是王诤的后人，更是王诤的传人，还是新时代的主人，他们将继承王诤艰苦奋斗，坚持不懈，不断探索，敢于创新的崇高品质，造就一个崭新的未来。"

扫码观看微纪录片
《半部电台起家！"听风部队"：电波永不消逝》

佩剑将军

张克侠："佩剑将军"
潜伏敌营 19 年

英雄人物

张克侠（1900—1984），河北献县人。北伐时任第一营营长、学兵团团副。1929年成为中共秘密党员。抗日战争期间，曾任第六战区司令部副参谋长、第五十九军参谋长。1946年6月，任第三绥靖区副司令官兼徐州城防司令。1948年11月，在淮海战役前线率部起义。1949年2月，任人民解放军第33军军长，参加渡江战役、上海战役。中华人民共和国成立后，历任华东军政委员会委员、华东农林部部长、国家林业部副部长等职。

影视经典

《佩剑将军》是由长春电影制片厂拍摄，肖桂云、李前宽执导，王尚信、项堃主演的军事题材剧情片，于1982年上映。

该片以淮海战役为背景，取材于中共秘密党员、国民党第三绥靖区副司令官张克侠、何基沣率部起义事件，讲述了1948年淮海战役前夕，潜伏在国民党军内部的中共地下党员贺坚、严军率部起义的故事。

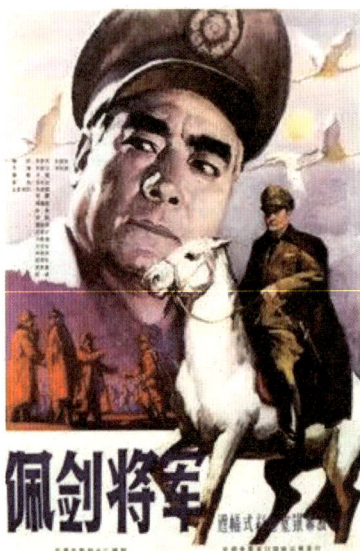

《佩剑将军》电影海报

丰碑往事

很多人都知道淮海战役的波澜壮阔、硝烟弥漫，殊不知，在战役开始前，还有着一段同样惊心动魄的"暗战"。

1948年11月8日凌晨4时许，一辆美式吉普车飞驰在徐州到贾汪的公路上。徐州四周早已封锁戒严，吉普车行驶到路卡时，哨兵看到了车内乘坐者后，立即敬礼放行。车辆继续行驶后，车内随从人员神色紧张，而后座一名佩戴中将军衔的将军稳如泰山。这是影片《佩剑将军》中的一个镜头。

现实中，国民党第三绥靖区副司令张克侠镇定地通过了哨卡，当天到达贾汪。上午10点，贾汪起义正式开始。贾汪起义成功后，张克侠、何基沣率部总计2.3万人，在贾汪、台儿庄地区与解放军会合，随后徐州东北部门户大开，贾汪起义为解放军的三个纵队迅速渡过运河，切断国民党军黄百韬兵团与徐州的联系，创造了有利条件，对淮海战役的胜利起到了重要作用。毛泽东曾在给淮海战役总前委的电报中，评价贾汪起义"是淮海战役开始后的第一个大胜利"。

> 与冯玉祥成为连襟，
> 秘密加入共产党

时间倒回贾汪起义前一个月。1948年10月，蒋介石颁发了一批佩剑，名曰"中正剑"，张克侠获赠一柄。蒋介石不曾想到的是，自己"寄予厚望"的"佩剑将军"，早已秘密加入了共产党。这要从张克侠的婚姻说起。

1918年，张克侠与通州姑娘李德璞结婚。李德璞的二姐李德全，1924年与冯玉祥喜结连理。张克侠与冯玉祥成为连襟，这为他日后在西北军长期隐蔽创造了条件。

1927年，张克侠听取李德全建议，辗转到达苏联，进入莫斯科中山大学学习。这期间，他与共产党员左权、张存实、李翔梧等关系密切，多次提出加入中国共产党的申请。

1929年7月，张存实和李翔梧成为张克侠的入党介绍人。入党后，张克侠很快就接到了组织的通知："中央已批准你为共产党员，是特别党员。你不要与地方党组织发生关系，不可暴露身份……"从此，张克侠接受了组织的命令，潜伏在国民党内部。

运筹帷幄！
打下起义基础

漫步在徐州贾汪区的将军大街上，回想起70多年前那场著名的起义，仍能让人热血沸腾。将军大街、将军阁、佩剑湖……在贾汪城区，到处都建有纪念张克侠、何基沣将军的地标。而徐州，也成了张克侠的人生转折点。

抗日战争胜利后，张克侠跟随国民党第33集团军，奉蒋介石之命，由湖北火速开到徐州，接受当地日军投降。到达徐州后，张克侠发现日军受降工作已由中央军嫡系第19集团军办理完毕。此时，部队才知道了蒋介石的"小九九"——他是让第33集团军赶到华东来打内战的！

不久，第33集团军被蒋介石改为第三绥靖区所属部

何基沣（左）和张克侠（右）合影

队，冯治安任司令官，张克侠任副司令。同时，张克侠的老同学、老同事何基沣也担任副司令。

其实，何基沣与张克侠一样，都是中共特别党员。按照党的秘密工作纪律，他们彼此都不知道对方的党员身份。然而，这对老同学早已心有灵犀，两人时常能敞开心扉，交换彼此对时局的看法。在他们的经营下，军中各师都设有党的秘密组织，具备了很好的起义基础。

张克侠利用在军中的深厚人脉，争取更多部队支持起义。他利用国民党新编第6路军中将总司令郝鹏举部队被编入第三绥靖区的机会，故意将郝部安排在台儿庄地区，使其孤立在一翼，扩大郝部和蒋的矛盾。

在张克侠、何基沣等人的活动下，根据中央关于争取西北军的多次电报指示以及各方面汇报来的情况，经过陈毅等人的深思熟虑，一个大胆的军事政治斗争方案出炉了：全力争取郝鹏举起义，尽最大努力争取冯治安起义，歼灭临城之九十七军，截断津浦线，包围并相机夺取徐州、海州。

传奇会面！
在蒋介石眼皮底下见到周恩来

南京梅园新村纪念馆内展陈了一辆牌照为"京1645"

的黑色"别尔克"小轿车。国共谈判期间，为了避开国民党的严密监视，这辆汽车被当作周恩来的"移动会客厅"。正是在这辆轿车上，周恩来会见了张克侠。

在蒋介石的眼皮底下、在特务遍地的南京街头相见，这是多么传奇的一次会面！

关于这次和周恩来的见面，张克侠在回忆录中曾有记述。1946年夏天，冯玉祥出国考察，张克侠认为这是个机会，便以送行为借口，从徐州前往南京，住在冯玉祥的寓所。"我知道周恩来同志住在梅园，十分想见他，聆听指示。但是，党的纪律不允许我贸然前去。"

在冯玉祥寓所附近一个偏僻公园外，张克侠上了一辆黑色小汽车，周恩来坐在后座向他点头。张克侠跨进车里刚一落座，汽车便迅速开动前进。在车上，张克侠汇报了徐州地区的情况。周恩来指示："要多向国民党军官兵，向那些高级将领和带兵的人，说明共产党的政策，指明他们的出路……要争取策动高级将领和大部队起义。"

距这次秘密会面两年后，淮海战役打响了。

镇定自若！
巧计脱身率部起义

青砖黛瓦，一座民国建筑风格的院子坐落在徐州韩桥煤矿。徐州贾汪区文广新体局副局长李文告诉行动组，这里曾是国民党第三绥靖区部队起义旧址，1948年，张克侠、何基沣率部在此起义。

1948年秋，毛泽东批准了粟裕提出的关于淮海战役的设想。大战一触即发，张克侠、何基沣率部起义的时机已然成熟。

淮海战役烈士纪念塔管理局编研文保处副处长孙景前些年曾采访杨斯德。她告诉我们，淮海战役前，杨斯德是华野第十三纵队政治部联络部部长，负责对接联络张克侠、何基沣，争取策动该部一部或大部在战役开始时起义。据杨斯德生前回忆，张克侠将徐州的兵力部署图送给了解放军，并劝阻第三绥靖区进攻解放区。

在北京，行动组采访到张克侠的孙子张木。张木说，张克侠此前一直在努力争取第三绥靖区司令官冯治安，然而，冯的态度一直摇摆不定。更重要的是，冯治安一直对张克侠怀有戒心，他命令张克侠长住徐州，不允许其接近部队。

到了10月下旬，华东野战军各部开始向南移动，徐州外围形势日渐紧张。张克侠很快接到了密信：淮海战役将于11月8日发起，要求何、张部按计划在战役发起时起义，让开运河防线，并力争控制运河上的桥梁，以确保我军顺利渡河。同时，还研究了联络方式、夜间识别标志、开进路线以及我方几个干部的位置；并决定起义部队联络口令为"杨斯德部队"，夜间反穿棉衣，手电明灭三次；起义后分两路开向解放区。

在张木眼里，爷爷是个做大事的人，遇事沉着冷静。在前线策动起义的关键时刻，张克侠也处于最为困难的时刻。张木讲述了爷爷张克侠当年巧施妙计脱身率部起义的壮举。

当时，张克侠早已被第三绥靖区参谋长陈继淹盯上，一举一动都有特务监视。张木告诉行动组，当时情形很复杂，起义准备工作都做好了，如果张克侠不去，好多官兵不相信这个事儿。"因为这些官兵长期跟我爷爷在一起，他们就想等我爷爷去。"

眼看约定日期临近，不和部队在一起，如何组织起义？张克侠很快思得一计：利用前线已经开始的战斗机会，向冯治安要求到前线指挥。当然，张克侠也知道冯不会同意，冯治安给出了一个折中的方案，由张克侠在徐州召开作战计划会议。

冯治安拖事情的办法是老开会，不让人去前线。张克侠后来回忆道："11月7日……上午开了半天，当然不可能有任何结果。午后继续开会。"这场漫长的会议一直开到了11月8日凌晨1时许，最后，张克侠向冯治安提议："前方紧急，指挥官都在这里很不利，今晚必须先让他们回去做好准备，明日可再来。"冯治安终于失去了耐心，同意了张克侠的建议。

张克侠立即返回营房。为了不让陈继淹等人察觉，他自己屋里的东西几乎没动，只拿了几件随身用品，带了一名随从，在凌晨4时许，登上了一辆吉普车，火速向贾汪出发。然而，其实他刚离开徐州，就被监视的特务报告给冯治安。冯原本打算立即向上峰报告，但冯的高级参谋尹心田建议弄清楚情况再报告，这为张克侠的行动赢得了宝贵时间。

张克侠去往贾汪途中，路过了第132师的防区，师长过家芳此前已经同意起义。张克侠赶紧在路过的驻地给冯治安打电话，他表示前线战斗已经打响，作为指挥官他要在前线指挥部队，他还建议冯治安亲自到前线指挥。冯治安不愿到前线，命令张克侠在前方负责指挥。就这样，张克侠再次争取到宝贵的起义准备时间。

11月8日上午，张克侠到达贾汪，他与何基沣、杨斯德商量，决定提前行动。上午10点，贾汪起义正式开始。

淮海立功勋，
潜伏敌营19年回归党的怀抱

张克侠在回忆录中写道："9日下午4时，毛主席接到起义成功的电报，拿着电报，来到周恩来办公室，对他说，张克侠、何基沣率军起义成功了，淮海战役多了一分胜利的把握。当晚，毛主席和周副主席一起为庆祝贾汪起义成功，还高兴地喝了点酒。"

朱德曾高度评价这次起义，认为对战局影响很大，使敌人部署大乱。粟裕则评价："我南下部队如在贾汪耽误4个小时，黄百韬就可能退到徐州，那样战局就不一样了。"

1950年3月7日，中共中央组织部作出《关于张克侠党籍问题的决定》："我们认为张克侠同志虽然在国民党军队工作，但1929年入党以来，一贯与党保持联系，设法为党工作，并有成绩，故其全部党籍，应予承认。"

自此，在国民党军队中潜伏19年的张克侠，回到了党的怀抱。

扫码观看微纪录片
《卧底将军的潜伏传奇》

风筝

"隐形守护者"沈安娜：
　她是"按住蒋介石脉搏的人"

英雄人物

沈安娜（1915—2010），江苏泰兴人。1935年以速记员身份打入国民党浙江省政府。1939年加入中国共产党。1938年至1949年，任国民党中央党部机要速记员，在蒋介石主持的党政军特高层会议上，获取大量重要情报，且从未暴露。1989年获国家安全部为长期坚持在隐蔽战线作出贡献的无名英雄颁发的荣誉奖章及荣誉证书。

影视经典

《风筝》是柳云龙执导的谍战剧，由柳云龙、罗海琼、李小冉等主演，于2017年上映。该剧以潜伏于国民党军统内部的共产党员"风筝"的人生与情感经历为主线，讲述了党的隐蔽战线工作者用生命捍卫信仰的故事。

电视剧《风筝》海报

丰碑往事

电视剧《风筝》最后一集结尾出现了一系列人物的黑白照片，他们都是为党的情报工作作出突出贡献的英雄，其中一位便是沈安娜。

沈安娜提供的情报很特别，她不仅会记录会上的重要决策，还会根据上级要求，把会场当时的气氛及核心人物的表情、动作、语气，都仔仔细细地如实记录下来，便于中共中央掌握敌人的内部矛盾和派系斗争。这样一位"一纸抵万金"的潜伏者，人们喜欢称她为"按住蒋介石脉搏的人"，但她的女儿表示，沈安娜经常嘱咐她们"不要把我拔高了"。

> **19 岁的选择**
> **不当明星，去做速记！不退！**

沈安娜原名沈琬，1915年出生在江苏泰兴县城的一户书香门第。她从小性格倔强，很有主见，拒绝家人为自己裹脚。1931年九一八事变后，受到爱国救亡运动的影响，同时为帮姐姐沈珉摆脱包办婚姻的压迫，沈安娜主动陪姐姐离家出走，前往上海。

在上海，沈安娜先是考入了上海南洋商业高级中学。她的同学中，有好几个已是电影明星，如王人美、黎莉莉。"我母亲最好的闺蜜叫叶露茜，她正和赵丹热恋。"沈安娜曾有去拍电影的想法。

1934年夏天，才读完高二的沈安娜因为交不起学费，不得不辍学，去了学费较低且只需半年即可毕业的上海炳勋中文速记学校。临近毕业时，国民党浙江省政府来招速记员。起初，沈安娜并不愿意去，她觉得"怎么能去衙门伺候官老爷呢！"

　　"到底是去当一个电影明星，还是学会了速记，到社会上谋生？"沈安娜的心中产生了彷徨。就在这个人生的十字路口，她在南洋商高的学长——华明之和已与沈琨结为夫妻的舒曰信，跟她说他俩都是共产党员，接受中央特科的王学文同志领导，党组织希望"沈安娜去应试浙江省政府的速记员职位，打入国民党内部为党做情报工作"。

沈安娜使用的速记符号

沈安娜大吃一惊，这才知道两位学长就是她一直敬佩的、为国为民的"共产党"！1934年11月，原先就一直向往参加革命的沈安娜接受任务，只身一人，从上海前往杭州。那一年，她19岁。

　　爱情的选择：
　　情报夫妻，一生相伴！不退！

　　"我的母亲做了浙江省政府里唯一的速记员。"华克放说。当时，华明之在国民政府交通部上海国际无线电台当业务员，实际从事的也是地下情报工作。考虑到沈安娜的安全，王学文指派华明之传递沈安娜获得的情报。于是华明之就常常在节假日的清晨去杭州，晚上再乘夜车回上海，浪漫的"约会"其实是传递情报的掩护。

　　1935年5月，电影《风云儿女》上映，主题曲是《义勇军进行曲》。"我父亲带着一个口琴，然后带着一个歌片，在杭州九溪十八涧，唱了一遍又一遍，我母亲也学会了。"华克放说，《义勇军进行曲》是父母的革命之歌，也是他们的爱情之歌，"因为他们有共同的理想，有共同的目标。他们在一起，情报工作成了爱情催化剂。"

　　1935年秋天，经过组织批准，沈安娜与华明之在上海举行了简单的婚礼。他们成了一对真正的"情报夫妻"，并在之后相濡以沫近七十年。

　　华克放将父母的默契配合称为"流水作业法"。母亲沈安娜在"前台"，白天负责取得文件、速记稿等情报，回到家夜深人静时，再把原始速记稿翻译成文字；父亲华明之在"后台"，常常在后半夜负责整编、浓缩、密写、密藏和传递情报。

无论逆境顺境，这对革命伴侣总是琴瑟和鸣，携手向前！

职业的选择：
业务精湛，誓言无声！不退！

为了将情报工作做得更好，沈安娜和华明之曾有过一个"五条原则"，其中第五条——要不断提高速记技术、文化水平和在国民党机关的办事能力——尤其令人钦佩。1938年，依靠每分钟200字的速记技能、出色的文字功底和一手漂亮的蝇头小楷，沈安娜成功潜伏进了国民党中央党部机要处。她还自创了"速联"符号，即使与炳勋速记教科书对照，别人也无法识别这些符号，这如同独创了一种密码。

顺利在国民党内部"站稳"后，年轻的沈安娜却开始"闹脾气"。华克放讲道："我母亲那个时候还是太年轻了，太幼稚了。在一批批爱国青年到革命圣地延安去的时候，她每天见到的中央党部里的国民党官员，不是抢房子，就是抢官职，她觉得乌烟瘴气。所以，她就跟共产党重庆通讯处的领导说，不想再干了，她要去延安。"

万万没有想到，几天后，周恩来、邓颖超夫妇，把沈安娜专门请到他们在重庆的家中，和她谈话，做她的思想工作。"最后邓颖超同志说了一句：小沈，你要好好努力，要甘当无名英雄。我母亲后来还曾悄悄告诉我，从那以后，邓颖超就成了她心中的偶像。"

临别时，周恩来与沈安娜亲切握手，邓颖超给了她一个热烈的拥抱。从此，沈安娜的内心更加笃定，她永远记住了这一句："要甘当无名英雄！"

信仰的选择：
静默忍耐，蛰伏三年！不退！

"在重庆时，我们一家住在上清寺街75号。我也是出生在这个地方。"华克放形容这个家——"大约只有9平方米大，夏天湿热、冬天寒冷，还有很多老鼠，住所隔壁就是国民党宪兵队，经常会有被拷打者的惨叫声传出来。"

在重庆时，情报就藏在这个铁皮小箱子里

1942年秋天的一个星期天，是和上级领导徐仲航（公开身份是国民党党营出版机构——正中书局总管理处业务处长，其实是中共南方局领导下的秘密党员）约定接头的日子。可时间已过，他并没有来（徐仲航被捕，在狱中经受酷刑坚不吐实，保护了沈安娜和华明之）。"我的父母共同按下了一个'静默的键'，就是说我父母不能去找党组织。而是要静静地、耐心地守住自己的岗位，等待组织来找他们。就这样，熬了三年。"

华克放回忆说："我问过母亲，那三年你们是怎么熬过来的？过了很久，她才说了这么一句话，怎么熬过来的？希望与忍耐同在啊！什么都要忍耐，在中央党部，你听他们的反共叫嚣，要镇定自若，不能暴露。"1942年11月，国民党五届十中全会在重庆召开，会场代表争执不下。突然，坐在第一排的国民党元老张继站起来，手指蒋介石大声嚷嚷："共产党就在你身边，你还不知道呢！"而此时，沈安娜就坐在会场的速记席上。

那"希望"又是什么呢？"我母亲说，就是那个敲门的暗号再响起来，上级领导出现，藏在小铁皮箱里的情报就还可以传递出去。"在"蛰伏"的三年中，国民党中央党部曾考虑给作为速记骨干的沈安娜换一个好一点的宿舍。但沈安娜夫妇选择守着破烂的9平方米小屋，因为这是他们同上级党组织的唯一联络点。

1945年10月的一个晚上，期盼已久的熟悉的敲门暗号终于再次响了起来。时任中共中央南方局情报部副部长的吴克坚找到了这个未变的地址，沈安娜激动地说："我现在就有情报让你带走。"

上海解放以后，沈安娜、华明之夫妇从"地下"走到了"地上"。"尤其是我母亲。换一件衣服是非常容易的一件事情。从旗袍换成军装，戴上军帽，她长达14年的地下秘密情报工作，就像翻书一样轻飘飘地翻过去了。"但华克放却清清楚楚知道，这14年里，沈安娜其实没有一天不紧绷着神经，没有一天不承受着沉重的压力。

穿上军装的沈安娜

"母亲弥留之际时曾喃喃自语，'我暴露了？他们抓人了，从后门跑……'当时她住在医院里，护士、护工、医生都很奇怪。可是，我作为女儿，我了解这么一段历史，就很理解她为什么会说出这样的话。"

2010年6月16日，沈安娜与世长辞。

中国第二历史档案馆保存的一张老照片，1948年4月4日摄于南京丁家桥国民党中央党部礼堂。照片上离蒋介石仅有几人之隔的女速记员（后排右二），就是中共秘密情报员沈安娜

14年来，沈安娜一直没有暴露身份，为我党的革命工作传递了大量高价值的情报，被誉为"按住蒋介石脉搏的人"。但其实她本人对这个说法并不认同。华克放表示，母亲经常嘱咐"不要把我拔高了"。

相关链接

"沈安娜奖学金"
已在泰兴中学颁发了 9 年

沈安娜是泰兴大地上成长起来的众多英模人物的代表之一。沈安娜逝世前曾嘱咐子女，将自己省吃俭用积攒的10万元捐赠母校泰兴中学，设立奖学金。2011年5月，"沈安娜奖学金"在江苏省泰兴中学正式设立。

"沈安娜奖学金"每学年评选一次，旨在奖励品学兼优的学生代表，激励青年学生继承革命精神，勤奋刻苦学习。如今，这项活动已经持续了十余年。

扫码观看微纪录片
《"按住蒋介石脉搏"的无名英雄》

殷雪梅

她"走"的那天，学生们用粉笔写了
一黑板的"活"

英雄人物

　　殷雪梅（1954—2005），江苏金坛人。生前系常州市金坛城南小学高级教师。2005年3月31日，为挽救6名学生的生命遭遇车祸，5天后殉职。后被追认为中共党员和革命烈士，江苏省人民政府授予其"见义勇为英雄"称号。

影视经典

　　2006年播出的电视剧《殷雪梅》，是国内第一部以普通教师为主要人物形象的电视剧，以全国模范教师、全国见义勇为英雄、金坛教师殷雪梅为原型创作，塑造了一个可亲可敬的人民教师形象。

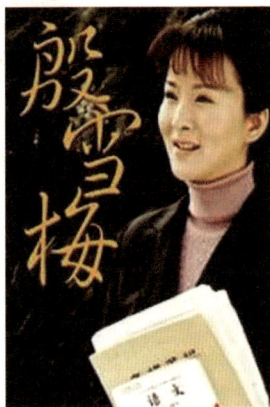

电视剧《殷雪梅》海报

丰碑往事

　　对于今年刚大学毕业的金坛女孩钱雪晨和尹子涵来说，十四年前的那一天影响了她们的一生：那一天，老师用自己的生命换来了她们的脱险，也是从那一天开始，她们的生命中就永远留下了老师的烙印。2005年3月31日，在疾驰而来的汽车前，几乎来不及思考的瞬间，52岁的殷雪梅奋力将在马路中间的6名学生推向路边，学生脱险了，她却被撞出了20多米，经全力抢救无效，于4月5日凌晨1时以身殉职。但她在学生们心目中，永远是那个漂亮爱笑的老师……

　　在2019年教师节前夕，"红色丰碑"行动组来到金坛采访，还原那难忘的瞬间，记录人们对这位"最美女教师"绵延至今的怀念，揭开更多不为人知的背后故事。

瞬间的壮举
面对疾驰汽车她张开双臂救下6个学生

2005年3月31日，金坛市城南小学组织一二年级的孩子们观看爱国主义影片。当日中午12点左右，数百名学生在几位老师的带领下，排队前往城区的金沙影剧院。

出发前，细心的二（1）班班主任殷雪梅老师主动提出，让她所带的班级排在队伍最前面，一年级的小朋友紧随其后，好有个照应。10分钟后，学生依次排队走出校门。当队伍刚走上城南小学门前的南环二路时，殷老师发现此时没有车辆通过，就带着学生队伍沿斑马线过马路。

当时同是领队的另一位老师杨旧生告诉行动组，后来有三个月时间都睡不着觉，眼前总是浮现这令人心痛的一幕："正当中午，我们带学生从南往北经过斑马线时，突然，一辆小轿车从西往东飞驰而来。"杨老师急忙示意停车，边转身把身边的孩子拉过来，边大声叫喊："殷老师，车！"

但就在瞬间，杨老师听到了嘭的一声巨响，殷雪梅已经倒在了远处的血泊中。据目击者和学生回忆，危急中殷雪梅转身张开双臂，奋力将6个走在马路中央的学生推开了。"当时的车速太快了，把学生推出去以后，她没有躲得开"，采访中杨老师回忆："殷雪梅被肇事的车子从身后撞倒，一直撞飞到25米远落下，鲜血从她的鼻孔、耳朵流出。那一刻，时间仿佛凝固了……"

在路边的目击者中有一名摩托车驾驶员，他回忆当时的情形时表示："我当时看到，她整个人被从老远处飞一样抛过来，如果不是她一把将这几名学生猛地推到路边，学生肯定有死伤。"

被救的6名学生中，只有一人受到轻微擦伤。行动组近日也找到了这位当年的女童、如今刚大学毕业的钱雪晨。她回忆，当时脑子一片空白，等她有意识时，已经在救护车上："我一睁眼就看到老师躺在救护车中间，周围一圈老师坐着，都在哭。"后来钱雪晨才知道，汽车飞驰而来时，老师一把将自己甩到了马路中间的绿化带上。

迅速赶来的120急救车将殷雪梅送往金坛市人民医院抢救。据当时医院一位医生介绍，殷雪梅被送去时大脑弥漫性挫伤、盆腔积血、左肩锁骨粉碎性骨折，后背肋骨断两根，腿部也严重受伤，生命垂危。在全力抢救了5天后，她最终未能醒来，于4月5日凌晨1时不幸辞世，永远离开了她最爱的亲人和学生。

"妈妈老师"
那一天，孩子们写了满满一黑板的"活"

十四年后，殷雪梅当年救下的几个孩子，就要踏入社会了。被救下的学生之一尹子涵，那时还是留着齐刘海的小女孩，在她心里殷老师就像妈妈一样。"我那个时候不喜欢吃蔬菜，老师为了让我吃点蔬菜营养均衡，想了各种办法。""本来确实是有考师范然后做老师的想法，但是老师在我心里的印象太深了，我觉得自己做老师的话无法达到她那样的高度，这个标杆太高了，我怕做不到……"最终，她选择了其他专业。上大学期间，她每年都会去烈士陵园吊唁老师。

钱雪晨也每年都去殷老师的墓前悼念。从小学一年级入读金坛虹桥小学开始，殷雪梅就是钱雪晨的班主任、语文老师，后来虹桥小学合并到了城南小学，钱雪晨几乎是"跟着"殷雪梅到的城南小学："并校后有两个学校可选择，家里人觉得殷老师非常好，所以就选择了殷老师所在的城南小学，并且还在她班里，可实际上另外一所学校离我家更近。"尽管当年小，但孩子的心头也懂得，殷老师待大家就像妈妈一样温暖，全心付出，大家也真心爱她。"那时候教室外有个小花园，老师在那里摆了一张躺椅，有时为了照看我们，中午她不回办公室，就在躺椅上休息一下，我记得一年冬天，老师在躺椅上晒太阳，我们班的小朋友们都怕她着凉，就一个个把自己的小棉袄脱下来，盖在了老师身上，直到后来老师身上盖满了小朋友的小棉袄。"

"记得殷老师去世，是在清明节凌晨，小朋友们得知后都趴在桌上哭。后来大家在教室的一块黑板上，用粉笔写了满满一黑板的'活'字，当时小朋友可能还在内心希望老师能够活过来，回到大家身边。"当噩耗传到天真稚嫩的学生们耳中时，所有人的无法置信和巨大悲恸，钱雪晨至今还印象深刻。

殷雪梅殉职后，被追授为"全国模范教师"。

殷雪梅的丈夫潘锁荣说，妻子留给他最深的印象，就是对学生的爱："她呀，关心学生那是全家总动员！面对学生与自己的子女，她会毫不犹豫地选择不顾子女顾学生！"儿子读高三那年，学校老师看到她忙里忙外，提出让她早点回去做饭。可是，殷雪梅从来没有提前下班过，而是等孩子们走了，才出校门狂奔回家做饭。

殷雪梅对学生的体贴体现在了许多细节上，"她给那些有需要的学生拿儿子的衣服应急，我们都习以为常了。有一年冬天，有个孩子身上都湿了，她让我从家里拿儿子

殷雪梅老师牺牲后，数万名群众自发前来吊唁

的衣服到学校，我去了一看，那个孩子在门卫室，边上摆着炉子，一边给他穿上了儿子的衣服，她还要求我在一旁陪着，就担心这孩子着凉感冒"。

潘锁荣回忆："记得有个学生是从湖北来金坛上学的，有时午饭时间他的家人太忙顾不上，她就会把学生带到家里吃饭，而且为了照顾这位学生，除了她自己，她叮嘱我们也要给这孩子夹菜，免得孩子来了觉得我们不欢迎他。"不仅如此，潘锁荣觉得妻子对身边人好几乎已经成了习惯，"就连和她带的新教师一起骑自行车出门，她都要骑在靠着机动车道一边，就是怕新同事被汽车刮到蹭到"。

最美女教师

"如果能有下辈子，我还愿意当小学老师"

在金坛殷雪梅小学采访时，行动组了解到殷雪梅给身边人留下的印象是她平时挺注重仪表：自然卷曲的短发，白皙的皮肤，合体的套装，总是笑眯眯的……她也喜欢文艺，崇敬英雄，"感动中国2004年度十大人物"中任长霞的故事她连看了几遍，看一次哭一次。

当年殷雪梅教过的二年级学生，曾在自己的写话本上这样写道："为了我们，老师的额头上有了许多皱纹，头发也花白了。但是，她在我们每个同学的心目中永远年轻漂亮。我爱我的殷老师！"

殷雪梅，这个名字不仅被深深烙印在被救的六个孩子心中，同样将永远镌刻在金坛人心中。十几年过去，被

金坛殷雪梅小学

救的小女孩已经大学毕业，当年的学校易址重建，甚至当年殷雪梅牺牲时的那条马路也已拓宽变样，但没有变化的是人们对她的怀念。金坛烈士纪念馆中，显示屏反复播放着关于她的纪录片。在陈列的烈士遗物中，有一本殷雪梅的备课本，清晰地记录下了她认真的课堂小结、教后记录："爱惜学习用品，会整理书包，保持本面洁净……"

　　这位平凡又伟大的小学教师感动世人的不仅是她的舍己救人，还有数十年间对教育的坚持：在殷雪梅52载的人生履历上，有30年都被"小学教师"4个字填满。殷雪梅教育生涯的第一站是从乡村开始的。1976年，她来到金坛涑渎乡渔业村当代课教师。据当时的同事回忆，殷雪梅刚当代课教师时，一边在学校上课，一边还要参加劳动，为了提高自己的教学水平，她还报名参加了中师函授。1986年，殷雪梅以优秀成绩取得中师函授毕业，后来又经过努力，成长为一名小学高级教师。淡泊名利的她，常年从事低年级教学。对于教育教学工作的烦琐和艰辛，当有同事喊苦时，她从不抱怨，而是笑着说："和天真可爱的孩子们在一起，充满快乐，充满活力，心永远不会变老，如果能有下辈子，我还愿意当小学老师。"

2005年4月7日，是殷老师出殡的日子，金坛和周边地区的10多万人扶老携幼，前来追悼。从灵堂到殡仪馆的好几公里道路两旁，被里三层外三层哀悼追思的人们围得水泄不通。

"生命铸就高尚师德，平凡筑就永恒丰碑。"这位危急时刻为学生英勇献出生命的"最美女教师"，永远活在人们心中。

学生们向殷雪梅塑像敬礼

扫码观看微纪录片
《一位普通女教师的最后时刻》

鹤乡情

她建立了南方首个鹤类驯养场，23 岁为环保事业殉职

英雄人物

徐秀娟（1964—1987），黑龙江齐齐哈尔人。出身于一个养鹤世家。1986年5月，徐秀娟从东北林业大学进修结业后，受邀来到盐城珍禽自然保护区从事丹顶鹤养殖研究工作。1987年9月16日，为找寻走失的天鹅，不幸落水遇难，后被江苏省人民政府追认为"革命烈士"。

影视经典

2006年，长春电影制片厂以徐秀娟为原型创作的《鹤乡情》上演，讲述了徐秀娟短暂而壮丽的一生。徐秀娟是我国环保战线上第一位殉职的烈士，牺牲时年仅23岁。

《鹤乡情》电影剧照

丰碑往事

"走过那条小河，你可曾听说，有一位女孩，她曾经来过……为何片片白云悄悄落泪？为何阵阵风儿轻声诉说？还有一群丹顶鹤轻轻地轻轻地飞过……"电影《鹤乡情》上映后，歌曲《一个真实的故事》风靡大江南北，讲述了中国首位环保烈士、护鹤女孩徐秀娟的故事。

> 出身驯鹤世家，
> 从小就爱鹤

徐秀娟1964年10月16日出身于黑龙江省齐齐哈尔市的一个满族渔民家庭，家里世代养鹤。父亲徐铁林是齐齐哈尔市扎龙保护区的鹤类保护工程师，妈妈也曾在扎龙保护区养鹤10年。小时候徐秀娟常帮着父母喂小鹤，潜移默化中也爱上了丹顶鹤。

1981年，因当地中学高中停办，17岁的徐秀娟随父亲来到扎龙自然保护区做临时工，负责养鹤、驯鹤工作。她很快就掌握了丹顶鹤、白枕鹤、蓑羽鹤等珍禽饲养、放牧、繁殖、孵化、育雏的全套技术。她负责的雏鹤成活率达到100%，扎龙保护区蜚声中外。

1985年3月，徐秀娟自费到东北林业大学野生动物系进修。尽管学校考虑到她的困难，为她减免了一半学费，但她仍然吃不起一天6角钱的伙食，一直靠馒头就咸菜维持每天的紧张学习。后来，她决定把两年的学业压缩在一年半内完成。学时减短却未影响她的成绩，最后考试11门功课中，她有10门成绩为"优"或85分以上。

怀揣两枚鹤卵，
建立南方首个鹤类驯养场

吕士成，现任江苏盐城国家级珍禽自然保护区鸟类研究中心主任、研究员。当年就是他和另一位同事两个人北上，到齐齐哈尔邀请徐秀娟来盐城工作。30多年过去了，对徐秀娟当年工作、与她共事的点点滴滴吕士成仍然记忆犹新。

据吕士成介绍，1986年，盐城珍禽自然保护区刚刚成立，由于缺少技术人员，他们邀请徐秀娟来盐城工作。吕士成说，初见徐秀娟，她剪了短发，瘦瘦的，上身穿了一个黑夹克，下身穿牛仔裤。"那时候大家挺保守的，她一个小姑娘没有结婚，我也没有成家，这种情况下，男女同志通常是不握手的。"在自我介绍后，徐秀娟主动跟吕士成他们握手，立马化解了初次见面的尴尬气氛。东北姑娘的热情、朴实、大方是徐秀娟给吕士成的第一印象。

在吕士成的邀请下，徐秀娟怀揣着两枚孵化中的鹤卵，踏上了南下盐城的火车。他们从齐齐哈尔医药公司买了医生用的出诊箱装鹤卵，箱子里铺上消毒棉花，两个热水袋灌上热水敷在卵上。热水凉了，就重新换成热水，用这种方法保证鹤卵需要的温度。

火车晃动得厉害，徐秀娟把出诊箱搂在怀里，火车每到桥头时，为了减轻震动，徐秀娟就把箱子举在空中，以免鹤卵被打破。徐秀娟担心吕士成没有经验，在从东北到南京的两天两夜里，她一直把放置鹤卵的出诊箱搂在怀里，也只有吃饭或者上卫生间的时候，才让人轮替她。

当天夜里11点多到达盐城后，第一只丹顶鹤破壳出生了。第二天下午，第二只丹顶鹤出生了。刚出生的丹顶鹤对照料要求高，徐秀娟在盐城待了一个星期。

当时盐城珍禽保护区条件非常艰苦，没有丹顶鹤驯养的场所。他们利用一个废弃的两层楼作为丹顶鹤的驯养场。驯养场周围都是芦苇和野草，他们拿镰刀割掉荒草，担心草根影响幼鹤行走，再徒手一根一根地拔掉草根，铺上黄沙，围上篱笆。当时住宿条件也差，即使穿上长袖、放下蚊帐，虫子也会咬到人。在这种艰苦的环境下，徐秀娟一直住在那，直到牺牲。

吕士成说，徐秀娟就这样手把手教同事人工孵化、驯化丹顶鹤，建立了我国南方第一个鹤类驯养场。

为寻找白天鹅，仙鹤姑娘溺水牺牲

1987年6月，徐秀娟从家里赶往盐城，与她同行的还有两只天鹅。她叫它们"黎明"和"牧仁"。没多久，"黎明"病了，便血、拉痢。时值酷暑，滩涂的蚊虫又多，徐秀娟把"黎明"抱回自己的宿舍，放在床上，给"黎明"喂药、扇扇子。

一天中午，两只天鹅在笼子里鸣叫不停，徐秀娟把它们抱进水塘。不料"牧仁"和"黎明"玩得兴起，先后挣脱绳子飞走了。徐秀娟连忙去追寻。晚上，"牧仁"找回来了，"黎明"还不见踪影。夜深了，徐秀娟等大家休息后又一个人钻进芦苇荡，呼唤着"黎明"。

　　第二天一早，徐秀娟又去找走失的天鹅，中午回来喝了半碗稀饭再进芦苇荡，下午回到鹤场时已心力交瘁。人还未坐稳，李老爹远远一声吆喝，说西边传来天鹅的叫声。徐秀娟和同事一起冲出了门，到复堆河畔，同事游过去了，徐秀娟喊了一声："我不行了！"

　　她退回岸，找了一辆自行车，沿河堤绕道北行，想和同事会合。后来，徐秀娟又退回到刚才下水的地方，把自行车放倒，走进了复堆河。这一走就再也没有上来。

　　1987年9月16日，为寻找走失的天鹅，连日劳累的徐秀娟陷入盐城自然保护区的茫茫沼泽中，再也没能回来，她的生命永远定格在23岁。

执着守望，三代人接力护鹤

　　徐秀娟的弟弟徐建峰当过兵，提了干，本可以留在城里。但受姐姐的影响，1996年他放弃了城里的工作毅然回到扎龙自然保护区，当起了一名护鹤人。

　　2014年4月19日，徐建峰在去看护雏鹤的途中驾驶摩托车失控掉入水沟，不幸殉职，年仅47岁。27年间，徐家先后失去了一双儿女。徐家人对丹顶鹤的感情，历经生死离别，从未改变。

女儿徐卓看了父亲的工作日记后，毅然请求转专业，选择回到保护区工作，无怨无悔地成为第三代护鹤人，以此继承姑姑、父亲未竟的事业。

徐秀娟塑像

吕士成说，徐秀娟虽然走了，但她在丹顶鹤迁徙中最大的"越冬地"盐城创建了第一个鹤类驯养场，建立了系统的丹顶鹤人工驯养育雏技术规范及管理制度。徐秀娟去世30周年后，2017年9月16日，盐城市福禄园人文纪念园中的徐秀娟纪念园正式揭幕，徐秀娟纪念陈列馆同步开放。无数人来到这里纪念这位一生执着的护鹤姑娘。

天堂，一直会有鹤飞翔！

相关链接

《灰椋鸟》是徐秀娟生前所写的散文，收录于苏教版小学五年级的语文课本里。徐秀娟在文中写道："早就听说林场的灰椋鸟多……一天下午，我和同伴来到了林场……我们选好观察位置，便在那儿等候灰椋鸟归来。"吕士成告诉行动组，徐秀娟说的同伴就是他，"当时她说要去看看灰椋鸟，我就陪她一起去射阳林场看灰椋鸟，我们骑着自行车提前到那儿等。因为灰椋鸟是白天分开觅食，晚上群居的。在太阳快落山的时候，灰椋鸟一群群地飞回来了。后来她回来就写下了《灰椋鸟》"。

南师附中新城小学六年级语文老师周丽华说，她不久前刚给五年级学生教过这篇课文。周老师从事语文教学已有25个年头，她对这篇课文有着特殊的感情。"我最初接触徐秀娟，是因为听了《一个真实的故事》这首歌，说的就是徐秀娟为寻找走失的天鹅牺牲的故事，后来在教材里看到这篇文章，就觉得很亲切。"作为一名资深语文教师，周老师认为《灰椋鸟》这篇散文，写得很优美，与生活很贴近，"因为徐秀娟从小喜欢鸟，她观察很细致，把鸟儿归林时的壮观场景展现了出来"。周丽华在教这篇课文的时候，还有一个特别的设计：先放一段《一个真实的故事》这首歌，从歌曲导入作者的生平，再讲解课文，引导孩子们阅读。小朋友听了都受到触动，有所启发。"有的小朋友说，徐秀娟为了保护动物不惜一切代价，甚至献出生命，很了不起，我们也要更加亲近、热爱大自然。"

扫码观看微纪录片
《丹顶鹤轻轻地飞过，有个女孩却再也没有回来》

国家命运

中国"核司令"程开甲

英雄人物

　　程开甲（1918—2018），中国物理学家。祖籍安徽徽州（今安徽歙县），生于江苏吴江（今苏州市吴江区）。浙江大学毕业，英国爱丁堡大学博士。1950年回国，历任浙江大学副教授，南京大学教授、物理系副主任，国防科工委核实验基地研究所所长，国防科工委（总装备部）科技委常委等。中国科学院院士。中国核武器研究的开创者之一，在核武器的研制和试验中作出突出贡献。

影视经典

　　2012年，一部讲述研制"两弹一星"奋斗历程的29集电视连续剧《国家命运》在央视一套黄金时段热播，引得无数国人感动不已。剧中的程开甲由张彤饰演。

电视剧《国家命运》海报

丰碑往事

1964年10月16日15时，一声惊雷般的巨响打破了万般寂静，蘑菇云腾空而起，中国第一颗原子弹爆炸成功了。作为核试验基地的技术负责人，程开甲激动万分，但紧接着他又继续投身于氢弹的爆炸试验……从第一次踏入"死亡之海"罗布泊到回到北京定居，程开甲把一生中最好的20多年时光都留在了茫茫戈壁。他参与组织指挥了包括中国第一颗原子弹、氢弹、增强型原子弹、两弹结合以及地面、空中、地下等方式在内的核试验三十多次，是我国技术上指挥核试验次数最多的科学家，被誉为中国"核司令"！

2019年9月17日，"两弹一星"功勋奖章、国家最高科学技术奖、"八一勋章"获得者程开甲，再被授予"人民科学家"国家荣誉称号。"红色丰碑"行动组通过采访其亲朋、同事，为您展现这位中国"核司令"的传奇人生。

毅然回国：
"我的目标是一切为了祖国的需要"

1918年8月，程开甲出生于素有"丝绸之乡"美称的苏州吴江盛泽镇。程开甲成长于战火纷飞的年代，大学时代在流亡中度过。1941年，程开甲毕业于浙江大学物理系。1946年，他远渡重洋到爱丁堡大学求学。在英国，程开甲成为诺贝尔奖获得者、著名物理学家玻恩的研究生，还结识了薛定谔、缪勒、鲍威尔等科学巨匠。然而，他却深感在日常生活中因为中国人的身份饱受歧视。

1950年，带着满满一行囊的物理书籍，程开甲踏上了归国之路，开启了传奇人生的新篇章。1952年，程开甲进入南大物理系任教，他也是南京大学第一个"高知"中共党员。

1953年，程开甲在物理系率先组建金属物理教研室。此前，程开甲一直从事理论物理研究，为了开拓这一全新的研究领域，他主动向青年教师和工人师傅学习，还专门到中国科学院沈阳金属研究所向著名物理学家葛庭燧先生学习内耗理论与实验研究。为培养中国原子能研究人才的需要，1958年程开甲再一次改变研究方向，与施士元一起创建南京大学核物理教研室。

有人曾问程开甲对人生价值和追求的看法，他的回答是："我的目标是一切为了祖国的需要，人生的价值在于奉献是我的信念。正因为这样的信念，我才能将精力全部用于我从事的科学研究和事业上。"

一张纸条：
"程开甲"三个字列入绝密档案

1960年的一天，正在南京大学实验室忙碌的程开甲，被校长匆匆叫了过去。校长一边递给程开甲一张纸条，一边说："北京有一项重要任务需要借调你，明天就得报到！"程开甲打开纸条一看，上面只写了一个地址。

从此，"程开甲"这个名字走入国家绝密档案，他开始了隐姓埋名、研究核武器的生涯。

1962年，核试验正式提上日程。程开甲听从国家安排，放弃自己最熟悉的理论研究，毫不犹豫转入全新的领域：核试验！从1962年至1964年，短短两年里，程开甲召开了近两百次任务会，拟定了原子弹爆炸试验的总体方案，研制了原子弹爆炸测试所需的1700多台仪器和设备，并创新性提出"百米高塔爆炸方式"，为中国第一颗原子弹爆炸成功奠定了坚实基础。

1964年4月，程开甲马不停蹄地赶到位于新疆罗布泊腹地的核试验基地。这是一片在地图上都找不到的戈壁，位置偏僻，环境恶劣，但却是开展核试验的一块绝佳阵地。1964年10月16日，随着罗布泊爆出的一声巨响，中国第一颗原子弹爆炸成功了。在无数国人为之欢呼雀跃的时候，程开甲又继续投身于氢弹的爆炸试验。

女儿追忆：
经常"失联"的父亲是我一生学习榜样

程开甲的大女儿程漱玉受父亲影响，也走上了物理研究的道路，并曾与父亲共事多年。在接受连线采访时，她说："父亲是我一生学习的榜样。"

学生时代的程漱玉，对父亲的印象就是一个字——忙。程漱玉表示，从上学到大学毕业后的求职，程开甲一直都是"缺席"的。不仅如此，父亲还经常与家人"失联"。"我们一直不知道他在做什么。"一家人也从来不过问，

"对于父亲来说，他的工作非常重要，所以，我们一般也不去打扰他"。

直到1980年，程漱玉也被调到了新疆，来到了程开甲身边。"从那时候起，我对父亲有了一点了解。"据她回忆，程开甲是一个"工作狂"，从新疆去北京，需要坐三天三夜的火车，程开甲会利用在火车上的分分秒秒工作，"我见到他的时候，他基本都是在工作"。

因为程开甲工作的绝密性，直到1999年，他被授予"两弹一星"功勋奖章，程漱玉才开始真正了解父亲。她说："坚韧不拔耕耘、勇于攀登高峰、无私奉献精神，这是父亲在87岁高龄写下的一段话，也是他一生的写照。"

正直谦逊：
开创南大物理系的多个"第一"

这位从江苏吴江走出的院士，将自己的一生奉献给了祖国的"两弹一星"事业。在他曾经工作过的南京大学，程开甲身上坚韧不拔耕耘、勇于攀登高峰、无私奉献的精神早已落地生根，代代相传。

南京大学电子科学与工程学院教授施毅是程开甲的博士研究生。"程先生对待学术非常严格，对待自己则是一丝不苟，就连平时用的手帕都是叠得平平整整。"他表示，程先生对科学的不懈追求和开拓创新的精神对自己产生了深刻的影响。说起程开甲对南大物理学科的贡献，施毅如数家珍："先生做了大量开创性的工作，与同事一起创建了南京大学金属物理专业和核物理专业，为开辟新方向、开设新课程倾注了大量心血，还出版了我国第一本《固体物理》专著。"

"1956年秋天，我考进南大物理系。开迎新会，就是程先生代表系里给我们讲话"，南大物理系退休教师曹天锡回忆，分专业后自己学的是核物理，程先生是核物理专业的教授，他更加近距离感受到程先生的学风、师德。"他很实事求是，很有科学精神，很谦虚。他是搞理论物理的，当时课题组都要做仪器。他自己不懂的就是不懂，宁愿请专门的老师包括电子学的老师来给我们讲课，跟我们一起听课，一起讨论。"

2018年11月17日，程开甲在北京病逝，享年101岁。这位倾尽全力为国奉献，隐姓埋名铸造"核盾"的功勋老人，用一生实践了他"为了祖国需要"的初心。

相关链接

年少聪慧
从淘气的"年年老板"变成学霸

位于苏州盛泽的程开甲母校——程开甲小学副校长周菊芳介绍，程开甲就读的小学原名为"观音弄小学"。

在程开甲小学入口处不远，有一个铜制的雕塑：一个七八岁的小男孩坐在一条长凳上，凳子前的课桌上还摆着一本摊开了的小册子，在小男孩身旁，站着一名和蔼可亲的教书先生。周菊芳说，小男孩就是小时候的程开甲，教书先生则是当时的校长简晓峰。原来，程开甲小时候非常淘气，不好好念书，而被留级了三年，成为众所周知的"年年老板"——年年坐在同一条板凳上。

异常叛逆却十分聪慧的小开甲吸引了简晓峰的注意，简晓峰决定亲自教他数学。很快，程开甲开了窍，跳过了四年级、五年级，直接去淘沙弄小学读六年级，接着又以优异的成绩考入浙江省嘉兴秀州中学。"程开甲对母校感情很深，他每次回来，都会提到恩师简晓峰。"周菊芳说。

情系家乡
回母校执意请老友吃家乡菜

在程开甲小学，行动组见到了与程开甲颇有缘分的84岁老人唐至煜。1988年，唐至煜调任到吴江盛泽镇镇志办公室修订镇志，"程开甲是盛泽镇的光荣，我们就希望他能为盛泽的镇志题词。"于是，1990年，他便抱着试试看的心态，给远在北京的程开甲写了一封信。原以为这封信很难有回音，但没想到，不到一个星期，唐至煜便收到了来自程开甲的亲笔回信。

之后，唐至煜便和程开甲保持着书信来往。在回信中，程开甲多次表示："将来有机会来南方，要到家乡看看。"原以为这句话是说说而已，没想到，1995年，程开甲真的带着夫人和女儿回到了吴江。于是，两位"笔友"正式见上了面。

当时，唐至煜正在程开甲的母校教书，陪程开甲在学校逛了一圈后，到了中午，程开甲拒绝了多方邀请，执意要在学校食堂请唐至煜吃午饭。唐至煜记得非常清楚，程开甲亲自点了四个菜，分别是蚕豆、臭豆腐干、黄鳝、麦芽塌饼，都是盛泽当地的家常菜，"他吃家乡菜时的神情，像极了一个眷念母亲的孩子。"

扫码观看微纪录片
《收下那张纸条后，他的名字进了绝密档案》

后　记

　　为贯彻落实习近平总书记考察江苏重要讲话精神、贯彻落实《党史学习教育工作条例》、贯彻落实《江苏省红色资源保护利用条例》，用好用活丰富的党史资源，传承红色基因、赓续红色血脉，江苏省委党史工作办公室、江苏省档案馆、新华报业传媒集团扬子晚报联合推出《红色丰碑：经典影视剧中的英雄原型》一书，聚焦影视剧中的英雄原型，生动立体呈现英雄人物可亲的形象、可敬的事迹、可学的精神。

　　《英雄儿女》《铁道游击队》《沙家浜》《永不消逝的电波》《柳堡的故事》……这些耳熟能详的影视作品和剧中人物是几代中国人的共同记忆。本书选取15部经典影视剧中的英雄原型，多侧面、立体化还原人物的战斗、工作与生活，他们中既有陈延年、朱瑞、杨根思、刘金山、刘老庄八十二烈士等战争年代的革命先烈和战斗英雄，也有王杰、殷雪梅、徐秀娟、程开甲等新中国建设和改革开放新时期的英模人物。此外，本书还特别关注英雄家乡的发展和对英模精神的传承，彰显时代价值。

天地英雄气，千秋尚凛然。为讲好英雄的故事，本书编写组先后走访北京、上海、浙江、山东、安徽及江苏省内南京、扬州、泰州、苏州、常州、宿迁、淮安、徐州等地，查阅数十万字档案资料，收集了大量文字、音视频、图片素材，拍摄系列微纪录片等，付出了大量艰辛劳动。本书的编写也得到了相关党史专家、英雄亲属、见证人、传承者的大力支持，在此表示衷心的感谢。

　　参加本书策划、采访、撰写、编辑、拍摄的人员有刘晓东、袁光、刘璞、陈太云、侍晓莎、薛蓓、景洁、王梦航、王亚楠、黄娴、杨恒国、赵雨晨、贾茹、马燕、李扬、杨英等。万建清、吴雪晴、张衡等审阅了书稿。

　　因编者水平所限，本书难免有疏漏之处，敬请读者批评指正。

编　者

2024年9月